Heinke Stulz

Frauen im Gespräch

...zur Philosophie des Alltags

Herstellung und Verlag: BoD – Books on Demand, Norderstedt
ISBN: 9783757878931

Für die Zeichnungen zu den Mythen sage ich herzlichen Dank an Stefan Wiezcorek, der sie extra für diese Ausgabe angefertigt hat.

Inhaltverzeichnis

DER MANTEL

A   Bea, ich habe mir heute morgen einen neuen Mantel gekauft.

B   Einen Mantel?

A   Himmelblau, wie Vergissmeinnicht, weißt du?

B   Anita, das trägst du doch nie.

A   Als ich den anprobiert habe….

B   Hast du in den Spiegel geschaut?

A   Ja, und ich sage dir, da war eine andere Person im Spiegel. So attraktiv war sie!

B   In diesem Mantel?

A   Ja, das geht mir immer so. Jedes neue Kleidungsstück verwandelt mich in eine andere Person.

B   Natürlich hast du den Mantel gekauft.

A   Aber ja, natürlich, ich wollte unbedingt diese andere Person sein.

B   (Murmeln: die andere Person in Himmelblau)

B   Sag mal Anni, wenn du diesen Mantel jetzt am Körper hättest, wärest du jetzt diese andere Person?

A   Ja, aber ich musste ihn leider am Eingang abgeben.

B   Du hast dein neues Ich am Eingang abgegeben? Und jetzt bist du wieder hier als die Alte sozusagen.

A   Ja, ist das nicht traurig? Am liebsten würde ich ihn gar nicht mehr ausziehen. Aber es ist eben ein Mantel.

B   Du magst das Ich nicht, mit dem du gerade hier stehst?

A   Ja und Nein, aber ich hätte jetzt schon gerne das andere. So elegant! Und diese Knöpfe!

B   Einen Moment, bevor du diesen Mantel gekauft hast, himmelblau, mochtest du dein altes Ich aber ganz gerne?

A	Na ja, es war das alte Ich, was ich die ganze letzte Saison getragen habe. So eher naturnah. Aber als ich dann das neue gesehen habe, in Himmelblau….
B	Ich verstehe. Es gefiel dir einfach so viel besser.
A	Ja, da sah ich so ladylike und zart aus. Bea, das ist Mohair, verstehst du?
B	Ich mochte dein altes Ich, Anita. Dich hier. In deinem braunen Trenchcoat.
A	Hm, ich muss mir gut überlegen, wann ich das himmelblaue Ich präsentiere. Denn alle werden mich dann ansehen und sich wundern.

(Denkpause)

A	Man MUSS sich weiterentwickeln.
B	Und ich dachte immer, das tut man durch Fortbildungen.
A	Bea, ich habe mich noch nie durch eine Fortbildung weiterentwickelt. Da erzählen sie dir immer nur, welche Art von Person SIE in fünf Jahren auf DEINEM Stuhl sehen wollen. Das sind keine Persönlichkeiten, die mich interessieren.
B	Aber Kleidungsstücke.
A	Ja, das ist etwas anderes.
B	Wie geht das, Annie?
A	Ja, du siehst den Mantel oder eine Jacke – Ach, Bea, ich habe so eine edle schwarze Jacke gesehen!
B	Anni, jetzt bleib mal bei dem himmelblauen Ich.
A	Also, du siehst den Mantel und denkst: der sagt mir zu, der ist überwältigend, der hat etwas, was ich nicht habe.
B	Ja, himmelblau ist nicht deine Farbe.
A	Bis jetzt noch nicht! Und dann denkst du, wenn ich den kaufe, dann habe ich das, was der hat und ich nicht. Es ist dann Meins.
B	Und die anderen….
A	…sehen mich dann genau so. Das ist der Trick.

B	Aber das ist doch nur äußerlich….
A	Wichtig ist das, was alle sehen.
B	Deine Fassade, nur deine Fassade.
A	Bea, da irrst du dich.
B	(Murmeln: ich irre mich, wirklich?)

A	Das ist die MAGIE, Bea. Hast du jemals ein ganz ungewöhnliches Kleidungsstück getragen?
B	Ja, Kommunion, Hochzeiten. Tanzschule! Gräßlich.
A	Vielleicht ist das bei dir so. Die einen fühlen sich scheußlich, wenn sie ihr altes Ich bedecken müssen, wie versteckt, verkleidet, verleumdet.
B	Ja, da bin ich. Und die anderen, Anni?
A	Die anderen aber, die fühlen sich verwandelt, veredelt und wachsen in das neue Kleidungsstück hinein, lassen ein passendes, frisches Ich emporranken. Sie treiben Blüten in den neuen Kleidern.
B	Ja, das habe ich schon einmal gesehen: junge Mädchen, wenn sie ihr erstes Cocktailkleid tragen. Sie verwandeln sich! Es ist eine Metamorphose - wie bei den Raupen. Sie werden Jahre älter, während sie den Reißverschluss zwischen der Seide hochziehen. Und sie bekommen ein fremdes Gesicht, sobald sie in die Stilettos schlüpfen.
A	Genau das meine ich, Bea. Du trägst einen neuen Mantel, neuer Schnitt, neue Farbe und er färbt ab, auf dich, auf deine Persönlichkeit. Er ist keine Schale mehr, in der du dich versteckst, nein, er ist deine neue Form, er wirkt nach innen. Es verwandelt dich wie die Kuchenform einen Kuchenteig.
B	Kuchenteig? Das gefällt mir. Du steigst also in eine Kuchenform, in ein Abendkleid….

A	….und bist eine Prinzessin, die schönste im Saal.
B	Und wenn du das Kleid wieder ausziehst?
A	So ein Kleid willst du nicht wieder ausziehen.
B	Nein, denn dann wird aus der Prinzessin wieder ein Aschenputtel.
A	So ist es, aber bei Aschenputtel war es nur die Uhr, die sie dazu zwang, das Kleid wieder abzugeben.
B	Und schon war sie keine Prinzessin mehr.
A	Aber sie war eine, eine echte! Sogar der Prinz hielt sie für eine.
B	(Murmeln: Eine frisch gebackene Prinzessin aus Kuchenteig, das ist gut.)
B	Aber Anni, bei deinem Mantel hast du doch das Heft in der Hand, du kannst den Mantel aus- und anziehen, wann du willst.
A	Tja, die Frage ist, welches Ich gerade am Zug ist.
B	Das alte naturfarbene Ich will den himmelblauen Mantel lieber loswerden, stimmt´s?
A	Ja, ja. Aber das neue, elegante Ich - das möchte den Mantel auf keinen Fall mehr ausziehen, sonst geht es vielleicht verloren.
B	Du willst behaupten, dass du dieses neue Ich nur dann behalten kannst, wenn du den Mantel trägst.
A	Ja, ist das nicht großartig, Bea! Diese Abwechslung…..wie eine Schauspielerin, immer neue Rollen.
B	Immer neue Mäntel.
A	Ja, so ist es, ich liebe es. So ist jeder Tag anders. Und wiederholen macht ja auch Spaß.
B	Aber dann schillert dein Ich ja immer anders.
A	Ja, das lieben die Leute an mir. Ich bin so erfrischend anders jeden Tag. Die Leute warten darauf, mich um zu sehen, welche Farben ich heute trage.

B	Dann wissen sie, welches Ich du an den Tag legst.
A	Ach, Bea, das ist herrlich. Herrlich! So macht das Leben Spaß!
	(freut sich, klatscht in die Hände?)
B	(Murmeln: das sehe ich, wie glücklich du bist)
B	Ja, Anni, aber wer bist du denn dann eigentlich? Welcher Mantel?
A	Das weiß ich auch nicht so genau. Ich habe auch das Gefühl, dass der letzte Mantel immer den neuen Mantel aussucht, ohne mich zu fragen.
B	Jetzt wird es aber spannend. Deine Ichs gebe sich bei dir die Klinke in die Hand, ohne dich zu fragen?
A	Bea, so kommt es mir vor.
B	Du hast keine Kontrolle mehr über sie?
A	Nein, denn die Ichs müssen ja sinnvoll aufeinander folgen, damit es wie eine Entwicklung aussieht. Sonst denken ja alle, ich bin irre.
B	Stell dir mal vor, eine Person, die von ihren Kleidern regiert wird! Nein!
A	Dann wäre sie ja eine kopflose Anziehpuppe.
B	Statt Persönlichkeit eher Kuchenteig.
A	Ach, Bea, da habe ich so einen Kashmir-Pullover gesehen, puderfarben, ich sage dir….
B	Irgendeines deiner unentdeckten Ichs schreit danach, ich weiß….
B	(Murmeln: Deine Einkaufstouren….)
A	Man kann ja nicht immer beim gleichen Mantel bleiben…...
B	Ich bleibe immer bei den gleichen Farben, der gleichen Größe, bei dem gleichen Marke.
A	Warum überrascht mich das nicht, Bea?
B	Aber jeder erkennt mich auch noch nach Jahren wieder.

A	Nur die Anzahl deiner weißen Haare zeigen an, dass du dich weiterentwickelt hast.
B	Äh, aber niemand wird annehmen, dass mich meine Kleider steuern.
A	Natürlich wirst auch du von deinen Kleidern gesteuert, warum bist du wohl immer dieselbe, hm? Schwarz und Weiß. Innen und außen. Auch Kuchenteig.
B	Ich mag mein Leben, deswegen soll es so bleiben, wie es ist.
A	Aber wir sind doch Menschen, Bea, keine Steine, wir müssen wachsen und uns ändern.
B	Aber nicht so, dass dich niemand mehr erkennt.
A	Nein, nein, dafür sorgen meine Ichs schon. Der himmelblaue Mantel ist jetzt echt eine Ausnahme.
B	Es muss also aber immer eine Weiterentwicklung sein bei dir? Immer weiter und höher? Wie ehrgeizig!
A	Ja, so will ich es.
(A	Murmeln: ja wirklich, das ist es, das will ich)
A	Aber weißt du, was manchmal passiert, Bea?
B	Ach bitte, Anni, verrate es mir.
A	Manchmal kaufe ich Kleider, die ich schon im Kleiderschrank hängen habe, zum zweiten Mal.
B	Das passiert mir jedes Mal, wenn ich einkaufen gehe.
A	Ja du, du lebst ja langweilig.
	Aber stell dir mal meinen Schreck vor. Dieselbe gelbe Seiden-Bluse im Schrank wie die in meiner exklusiven Einkaufs-Tüte, aber die eine ist drei Jahre älter!
B	Oh Anni, das macht die schöne Theorie von deiner ewigen Weiterentwicklung zunichte.
A	Oh ja, das ist ein Schlag ins Gesicht, meine Vergangenheit springt mich an.
B	So als ob du in den Jahren dazwischen gar nicht existiert hättest.

A	Du verstehst mich. Ein Stillstand über drei Jahre, ohne dass ich es gemerkt habe.
B	Das ist wie tot sein, oder?
A	Totale Sinnlosigkeit.
B	Drei verlorene Jahre.
A	Bea, dann gibt es nur eins. Ich gehe los…..
B	Und suchst etwas, was du noch NIE gekauft hast.
A	Ja, in dem mich niemand erkennt! Der totale Sprung.
B	Eine echte eigene Entscheidung. Ohne dein Ichs zu fragen.
A	Sonst ist unser Leben vorbei, bevor wir es merken.
B	Also ich kaufe neue Möbel, um die Jahre nicht zu vergessen.
A	In denen du dann mit deinen alten Klamotten…
B	Nein!
A	Stimmt, mit deinen neuen alten Klamotten sitzt.
B	Ja, tolles Gefühl. Wie Jahresringe umgeben mich meine Möbel.
A	Dann verstehen wir uns ja doch, Bea!
B	Anita, es lebe der Fortschritt! Egal, ob er fortschreitet oder in einem Fort auf der Stelle tritt!

(schauen sich an)

A	Ja, auf alle meine Ichs, die mich immer höher entwickeln, immer weiter und weiter…..
B	Auf alle meine Möbel! Solange sie noch in meine Wohnung passen!
A	Über Schuhe könnten wir auch mal sprechen. Die verändern die gesamte Statur, nicht nur den Status.
B	Oh, da kann ich mit Teppichen kontern, die haben so etwas Grundlegendes.
A	Gut, nächstes Mal sprechen wir über die Dinge, die wirklich wichtig sind.

GLORIA

A   Gestern hatten wir eine Fortbildung.

B   Oh Schreck. Da wurdet ihr schon wieder gebildet? Demnach seid ihr ja nicht gebildet genug. Bei euch soll es ungebildete Angestellte geben? Eine unfreundliche Unterstellung. Hat die Gewerkschaft dazu nichts zu sagen?

A   Eigentlich wollte ich dir jetzt von meiner Fortbildung erzählen, aber wenn du lieber über etwas anderes sprechen möchtest....

B   Sag bloß, sie war interessant und erwähnenswert? Das hört man selten.

A   Nein, war sie nicht. Aber die wurde von einer Frau gehalten, die kannte ich von früher.

B   Ah, jetzt kommen wir der Sache näher.

A   Ich kenne sie vom Studium her, 20-30 Jahre her also, Gloria heißt sie.

B   Und, habt ihr nette Erinnerungen ausgetauscht?

A   Nein, denn sie hat mich nicht erkannt.

B   Das ist unfair.

A   In der Tat, ich fühlt mich total verkannt. Für wen hielt sie mich? Aber ich habe sie klar vor mir gesehen. Wie früher. Halblange, blonde Haare, ziemlich schlank, braune Augen.

B   Na ja, die Augenfarbe ändert sich auch nicht. Das ist der Vorteil der blauäugigen Menschen. Diese Juwelen behalten sie bis ins hohe Alter.

A   Ich wollte aber nicht über blauäugige Menschen sprechen.

B   Ich weiß, denn du bist ja nicht blauäugig.

A   Genau.

B   Du wolltest über dich sprechen.

A	Aber ja, über mich.
B	Darum geht es ja immer.
A	Wenigstens, wenn ich aufgewühlt bin.
B	Dies Gloria hat dich aufgeregt?
A	Sie sah noch so gut aus nach 20 Jahren. Die haben ihr fast nichts angetan!
B	Was brauchst du jetzt? Soll ich anfangen, ein Loblied auf dein Erscheinungsbild zu singen?
A	Sie sieht immer noch umwerfend aus. Ein Loblied auf mich würde nicht viel nützen. Aber Danke, Bea.
B	Also wollen wir sie jetzt schlecht reden, damit du dich besser fühlst, wäre es das?
A	Ja, bitte, das hilft mir vielleicht seelisch etwas auf.
B	Dann muss ich aber dir das Feld überlassen, denn ich kenne sie gar nicht.
A	Oh, ich kann dir ein Foto von ihr zeigen.
B	Ja, nicht schlecht, könnte noch als 40 durchgehen.
A	Das hat zu mir schon lange niemanden mehr gesagt.
B	Wäre ja auch gelogen….
A	Ach, sei still, Bea. Aber Gloria. Diese blöde Kuh! Hat mir meinen ganzen Tag verdorben.
B	Und wenn du sie nicht getroffen hättest?
A	Wäre nichts passiert.
B	Spieglein, Spieglein an der Wand, wer ist die schönste im ganzen Land?
A	Ihr, Frau Königin….
B	Aber Schneewittchen hinter den 7 Bergen, die ist 1000mal schöner als ihr. Da hast du ein Schneewittchen gefunden.
A	So eine böse Kuh, gibt bestimmt ihr ganze Geld für Botox und Massagen aus. Und Wellness-Wochenenden.
B	Die du dir als Familien-Mensch nicht gönnen kannst.
A	So wird es sein. Ich bin ein Opfer.

B	Jetzt halt mal die Luft an, Annie. Die Frau Königin ändert sich doch nicht, weil ihr Schneewittchen begegnet. Sie sieht noch genau so aus wie vor der Begegnung.
A	Ja, aber jetzt WEISS sie, dass sie nicht mehr die Schönste ist.
B	Gut, die Sache mit der Königin ist klar. Die Superlative ist immer abhängig vom Vergleich. Aber du – du bist doch immer dieselbe, du musst dich doch mit niemandem, mit keiner vergleichen!
A	Was soll ich sagen: Obwohl ich wirklich alles tue für meine Aussehen, harte Arbeit all die Masken und Bodybuilding – trotzdem sieht sie jünger aus als ich, und tut sicher nicht so viel dafür wie ich. Das ist so ungerecht.
B	Ach Annie….ich als Versicherungsmathematikerin könnte dir jetzt sagen: Statistisch gibt es wahrscheinlich einen Haufen Frauen, denen es schlechter geht als dir, und einen anderen Haufen, die besser dastehen. Pech für dich, dass du einem Exemplar aus dem überlegenen Haufen in Gloria begegnet bist und nicht einer aus dem anderen Haufen, neben der du dich wie eine Königin so jung gefühlt hättest.
A	Ja, wirklich Pech. Es hat mich so erschüttert.
B	Ist aber reiner Zufall…
A	Ja, leider! Hätte besser laufen können.
B	Warum musst du dich auch immer vergleichen?
A	Wie soll ich denn sonst wissen, welchen Marktwert ich noch habe?
B	Du siehst dich doch jeden Morgen im Spiegel, oder?
A	Im großen und im kleinen.
B	Dann weißt du doch, wie du aussiehst?
A	Aber nicht, wie ich so eingeordnet werde, wenn Leute mich auf der Straße sehen.

B	Das wirst du nie wissen, außer du machst eine repräsentative Straßenumfrage: Entschuldigen Sie, aber für wie alt halten Sie mich? Und finden Sie, dass ich für meine Alter noch gut aussehe? Oder eher nicht?
A	Sehr lustig. Würde ich dir glatt zutrauen.
B	Aber was heißt das denn schon? Zufällige Auswahl von Leuten, die eine zufällige Meinung haben. Und daran willst du dein Glück aufhängen?
A	Klingt doof, wenn du das so sagst.
B	Ist es auch und wie! Stell dir vor. Jeder Mensch, der dir am Tag begegnet und dir zu verstehen gibt, dass er dich superhübsch oder vielleicht schon ziemlich angeranzt findet, von dem machst du dein Glück abhängig. Als ob du nicht jeden Tag in den Spiegel schaust und ganz genau wüsstest, wie du aussiehst. Du bist doch die Person, die dich am besten kennt, du bist dein ständiger Begleiter und dein Coach.
A	Ja.
B	Dann frag dich doch einfach selber, wie du dich findest. Und bleib dabei. Ist doch am Ende das Einzige, was zählt, oder? Lass dich nicht von anderen in deiner Meinung korrigieren. Das würde ja heißen, dass du Unrecht hattest, dass du einer Illusion aufgesessen bist, dass du dich falsch einschätzt.
A	Und das kann ja gar nicht sein!
B	Nein, kann es auch nicht. Du gibst dir deinen Wert und halte ihn fest! Egal, wer dir begegnet und wenn die ewig junge Heidi Klump ist, die kann ihn dir nicht nehmen. Du bist du, egal, wer dir begegnet.
A	Ja, kann doch nicht sein, dass Gloria mich so aus den Latschen wirft.
B	Weder Gloria noch Heidi. Deine Selbsteinschätzung ist keine Illusion!

A	Nein, du hast recht. Eigentlich bin ich ganz zufrieden mit mir, natürlich wäre ich noch glücklicher, wenn ich aussehen würde wie Gloria, so knapp 40!
B	Du warst mal 40, zu einer Zeit, und da sahst du auch so aus. Und jetzt zeigst du das Alter, das du hast – ist normal, oder?
A	Ja. Und die Gloria, die sah damals schon so jung aus. Die hat niemand in die Bars und die Clubs gelassen, weil sie so jung wirkte.
B	Schau an.
A	Wir mussten sie immer mitnehmen, sonst wäre sie nicht hinein gekommen.
B	Vielleicht wäre es jetzt umgekehrt….
A	Boh, bist du gemein. Dass sie mich nicht mehr reinlassen würden, weil ich zu alt bin….so eine Unverschämtheit! Und das von dir, Bea?
B	Ach Annie, komme mal runter, wann warst du das letzte Mal in einem Club?
A	Mindestens 10 Jahre her.
B	Eben, ist was für 40Jährige. Lass es gut sein.
A	Jetzt habe ich mich so über dich geärgert, dass ich mich wieder richtig gut fühle!
B	Wenn das nicht der Sinn der Übung war!
A	Selbstvergewisserung nennen wir das in der Werbung. Danke dir, Bea.
B	Ich kenne dich doch, Annie! Sei du selbst, dann bist du froh.
A	Ja!
B	Ja.
A	Ja!

TOMATE

B   Gestern habe ich Gazpacchio gemacht.

A   Lecker!

B   Habe sehr viele Tomaten geschnitten!

A   Das glaube ich dir.

B   Wenn ich Tomaten schneide, könnte ich Buddhist werden.

A   Du eine Buddhistin? In einer Kutte? Glaube ich nicht.

B   Doch, wenn ich so die Tomate nehme….

A   Liegt es an der Tomate?

B   Nein, also ich nehme die Tomate und schneide sie durch mit meinem scharfen Messer.

A   Ein stumpfes hätte ja wenig Sinn.

B   Folge mir, Annie. Dann öffne ich sie und lege die beiden Hälften im Licht nebeneinander.

A   Aha! Und wo ist Buddha?

B   Die beiden Hälften, aufgeschnitten, liegen nun nebeneinander vor mir.

A   Ja, hoffentlich.

B   Ich sehe sie.

A   Ich nun fast auch schon.

B   Niemand vor mir hat sie je gesehen. Die Anordnung der Kerne, die Schattierungen des Rots, der Bogen der Oberhaut.

A   Ich weiß, wie Tomaten aussehen.

B   Niemand vorher hat das je gesehen. Und dann offenbart sich die Tomate mir, sie offenbart mir das Innere, diese Höhle in ihr, die bisher im Verborgenen gewachsen war.

A   Ich folge dir nur mit Mühe.

B   Nun ja, das springt mich dann an.

A   Das Innere der Tomate.

B   Wie eine Offenbarung. Ein Wunder!

A	Was für eine Erfahrung mit einer einfachen Tomate. Die meisten müssen dafür ein Flugzeug besteigen.
B	Nein, es geht auch mit einer Tomate.
A	Und, bist du jetzt gläubig und betest zu den Tomaten?
B	Sei nicht albern. Zu Tomaten muss man nicht beten, sie sind nur Symbole.
A	Für die Geheimnisse der Natur?
B	Für die Mysterien der Natur, zu denen wir trotzdem Brücken schlagen können, das ist das Faszinierende. Obwohl wir nur relativ blöde Menschen sind, gefangen in unserer Menschenwelt.
A	Und da hast du es jetzt mal rausgeschafft.
B	Ja, vielleicht habe ich den Sprung geschafft, in eine andere Welt.
A	Die Welt der Tomaten….
B	Eine fremde Welt. In die ich aber gelangt bin, denn alles Lebende hängt zusammen.
A	O.k. Das ist der Buddhismus.
B	Pantheismus, überall ist Gott.
A	Und was machst du jetzt mit dieser Erkenntnis?
B	Jetzt fragst du wie ich immer. Nichts eigentlich, aber es war wie ein Durchbruch, durch eine unsichtbare Mauer in eine andere Welt.
A	Aha, jetzt verstehe ich langsam. So wie wenn Leute eine Gotteserfahrung haben oder in den Sciencefiction-Filmen einer in eine andere Dimension gerät.
B	Und das alles mit einer simplen Tomate!
A	War das eine von diesen neuen Antik-Tomaten?
B	Nein, eine ganz normale.
A	Aber mindestens Bio, oder?
B	Ich muss dich enttäuschen, aber es war eine ganz normale Holland-Tomate aus dem Sonderangebot bei Rewe.
A	Keine Bioverehrung also.

B	Nein, ein kleines Wunder in einer ganz normalen Welt.
A	Aber du hast sie danach gegessen?
B	Ja, sicher, Gazpacho, es ging ja auch nicht um die Tomate, die wird ja nicht heilig. Es ging um die Erfahrung, da war die Tomate nur der Zünder. Es hätte auch eine Paprika sein können.
A	Bei einer Paprika kann ich mir das besser vorstellen. Tomaten sind immer gefüllt im Inneren. Aber die Paprika, die überraschen mich auch manchmal. Die sind leer, irgendwo hängen die Kerne, viele oder wenige und manchmal gibt es drinnen noch eine Baby-Paprika in den seltsamsten Formen und Farben. Und ich habe sie entdeckt. Nach mir wird sie niemand mehr zu Gesicht bekommen, weil ich sie ja verzehren werde. Was für eine Verantwortung. Ich sehe diese Baby-Paprika, bin Zeuge, dass sie existiert, nehme sie wahr, nehme sie in meine Hand und nach mir niemand mehr.
B	Ja, du bist die einzige Zeugin, dass sie existier hat.
A	Faszinierend.
B	Das finde ich auch. Deswegen werde ich mir auch nie einen Thermomix kaufen.
A	Dann hätte man ja keine Chance mehr zu mystischen Erfahrungen mit dem Gemüse.
B	So ist es. Die Küche ist ein Heiliger Ort. Da geht das Sein über den Tisch und wird von uns in andere Seins-Zustände gebracht. Ein Schöpfungsakt.
A	Ich glaube, jetzt sollten wir aufhören, es wird zu mystisch.
B	Hast recht, die kritische Schwelle ist überschritten, wir machen einen Schritt zurück und werden wieder realistisch.
A	Nicht zu viel Mystik, bitte!

B	Aber etwas schon. Um die Welt in einem anderen Licht zu sehen.
A	Tomaten...
B	Und Paprika lässt grüßen.
A	Du könntest mir übrigens das Rezept für dein Gazpacho schicken.
B	Wenn du die Erfahrung mit mir teilen willst.
A	Das weiß ich noch nicht, ob ich das will. Aber auf jeden Fall kommt Gazpacho dabei heraus. Das mag ich. Schick es mir.
B	Mach ich gerne. Was immer das für Folgen haben wird!
A	Bei Gazpacchio kann nicht viel schief gehen.

DIE WEISSE ORCHIDEE

B   Ich wage mich nicht mehr in meine Küche.

A   Wieso? Sitzt da eine Spinne? Oder eine Ratte? Iiiiii Dann würde ich auch nicht mehr in die Küche gehen! Soll ich dir meinen Mann vorbei schicken?

B   Ach, Annie, mit einer Ratte würde meine Katze schon fertig werden. Mit einer Spinne auch.

A   Ja, was ist es denn dann, Bea?

B   Es ist eine Orchidee, eine weiße.

A   Hast du ihr etwas getan? Gießt du sie etwas nicht ordentlich?

B   Aber sicher, das würde ich doch nie wagen, ihr Wasser vorzuenthalten.

A   Äh, sind die besonders gefährlich?

B   Weiß ich nicht. Aber die schaut mich an.

A   Wenn du in die Küche kommst. Ah.

B   Ja, du weißt ja, diese Orchideen haben Blüten wie kleine Mädchengesichter mit Hauben.

A   Ja-a. Und die schauen dich an.

B   Ja, und jeden Tag werden es mehr. Sie blühen, verstehst du?

A   Dann stell´ sie doch woandershin, wenn sie dir Angst machen, die Blüten.

B   Das geht doch nicht!

A   Ja, warum denn nicht?

B   Diese Orchidee stand im Zimmer meiner Mutter.

A   Nein! Sie hatte also einen Ehrenplatz.

B   Natürlich, sie war ein Geschenk von uns an sie.

A   Sie hat sie noch erlebt, die Orchidee.

B   Ja, sie hat sie noch gesehen. Du verstehst.

A   Und jetzt vertreibt sie dich aus deiner Küche.

B   Ich gehe nur noch nachts in die Küche.

A	Ohne das Licht anzuschalten.
B	Genau, ich ertrage diese Blicke nicht. Und es werden immer mehr.
A	Der Orchidee gefällt es in deiner Küche, wenn sie all ihre Blüten öffnet.
B	Jetzt, nachdem meine Mutter gestorben ist. Ist doch unheimlich.
A	In deiner Küche hat sie sicher mehr Sauerstoff.
B	Bitte, sei doch nicht so profan. Da steckt mehr dahinter als Sauerstoff.
A	Mh, was denn zum Beispiel?
B	Na ja, meine Mutter hat diese Orchidee noch gesehen, angeblickt sozusagen, und jetzt schaut sie mich an, mich!
A	Die Blume schaut dich an?
B	Durch ihre Blüten, ja.
A	Und wo ist jetzt deine Mutter?
B	Na, die schaut mich durch die Blüten an.
A	Und du mit deinem mathematischen Verstand, du meinst das jetzt ernst?
B	Sicher, ist doch eine einfache Gleichung. Mutter schaut Blüten an, Blüten schauen mich an, Mutter schaut mich an.
A	Einfach, sagst du.
B	Leider, unausweichlich.
A	Hm.., aber du sagst doch, die meisten Blüten waren noch geschlossen, als deine Mutter sie gesehen hat.
B	Das war vor fast 6 Wochen, ja.
A	Die Blüten, die dich jetzt anschauen, die hat deine Mutter also nicht gesehen.
B	Das ist zwar logisch, hilft aber nicht. Es gibt immer noch so ein paar Blüten, die sie selbst noch gesehen hat, und die einfach nicht abwelken wollen.

A   Was machst du eigentlich, wenn die Orchidee abgeblüht ist? Kaufst du dir dann eine neue? Vielleicht in Rosa?

B   Ja, ich kaufe wieder eine, aber wieder in Weiß, die ist ja dann auch ganz unschuldig. Die hat nie meine Mutter gesehen.

A   Wo ist eigentlich das Problem, wenn dich deine Mutter aus den Blüten anschaut?

B   Hör mal, willst du, dass dich deine Mutter in deiner eigenen Küche beobachtet?

A   Wenn sie dabei den Mund hält….

B   Aber meine Mutter ist gestorben. Das sind Geisteraugen.

A   Also kann sie nichts sagen. Dann wäre es mir egal.

B   Mir nicht. Ich will nicht einmal ahnen, was sie denkt. Nein, bitte nicht.

A   Was könnte sie denn denken?

B   Sie könnte mir Vorwürfe machen, das konnte sie immer besonders gut, meine Mutter.

A   Vorwürfe? In deiner eigenen Küche? Das wäre bitter.

B   Eben, jetzt verstehst du mich. Ich kann die Orchidee nicht von ihrem Ehrenplatz entfernen, ich kann aber auch nicht in die Küche gehen und mich diesen Blüten aussetzen. Verstehst du?

A   Ja, ich verstehe. Aber ich will wissen, was deine Mutter denken könnte, wenn sie dich in der Küche anblickt. Wovor hast du so viel Angst? Vor deiner Mutter?

B   Na ja, sie war schon sehr dominant. Aber das ist es nicht, damit habe ich schon früh abgeschlossen. Wir mochten uns auch nicht sehr.

A   Ja, was ist es dann? Dann hast du ja eigentlich genügend Distanz zu ihr, oder?

B   Ja, aber du weißt, wann sie gestorben ist?

A   Du hast es mir gesagt, 3 Uhr nachts.

B   Genau, und ich war nicht da.

A	Jetzt wird es mir klar. Du fühlst dich deswegen schuldig. Du warst nicht bei ihr, als sie starb.
B	Ja, das ist es wohl. Das sagen mir die Blüten, stumm, aber sehr verständlich. Mit ihren Augen. Mit der Stimme meiner Mutter.
A	In deinem Kopf.
B	Ja.
A	Wirf sie aus der Küche….so eine Unverschämtheit, dich zu belästigen noch nach ihrem Tode.
B	Ich war im entscheidenden Moment nicht da.
A	Es war doch gar nicht klar, wann sie sterben würde. Du hättest viele Nächte an ihrem Bett verbringen müssen, um den entscheidenden Moment, ihre Todesstunde, nicht zu verpassen.
B	Andere schaffen das auch.
A	Da kommt die Todesstunde aber auch mit Ansage. Dein Arbeitgeber hätte dir doch nie eine Woche freigegeben auf den Verdacht hin, dass deine Mutter sterben könnte. Bei deiner Mutter fehlte die Ansage…
B	Das schlechte Gewissen…
A	…ist ein schlechter Ratgeber. Ab mit der Orchidee in ein anderes Zimmer. Bügelzimmer wäre doch gut. Wenn du eine Weile nicht bügelst, ist das nicht so schlimm…
B	Und ich werde mir nie wieder eine weiße Orchidee kaufen, nie wieder.
A	Ich finde jede Farbe schöner als weiß!
B	Jede weiße Orchidee wird die Orchidee meiner Mutter sein, wird mich anschauen aus tausend weißen Blüten. Ich spüre das. I
A	Verbanne sie! Diese Leute, die einen über das Grab hinaus noch tyrannisieren wollen.
B	Kennst du das auch?

A	Aber ja, meine Mutter hat mir Briefe hinterlassen, an mich, nach ihrem Tode zu öffnen.
B	Nein, Danke. Hast du sie geöffnet? Gab es noch die letzten guten Ratschläge fürs Leben?
A	Nur den ersten habe ich gelesen, das verspreche ich dir.
B	Nur den ersten?
A	Ist ja nicht so, dass ich schon seit 30 Jahren einen eigenen Haushalt habe, oder?
B	Hat sie dich wie ein Kind behandelt?
A	Da waren Putztipps drin, fürs Badezimmer. Durchzuführen mit ihren Putzmitteln von anno dazumal.
B	Das darf doch nicht wahr sein!
A	Die anderen 14 liegen noch in meinem Schrank, auf Halde, ungeöffnet.
B	Ach, verbrennen wir sie! Die Toten sollen sich an ihre Totenruhe halten.
A	Und uns nicht über neue Kanäle weiter verfolgen!
B	Denn wir leben noch.
A	Und fragen sie nicht mehr um Rat.
B	Denn wir sind alt genug, um selber Briefe an die Nachwelt zu schreiben.
A	Was wir aber nie tun werden.
B	Unser Beitrag zur feministischen Literaturgeschichte.
A	Nicht geschriebene Briefe. Das verspreche ich dir.

UNSICHTBAR WERDEN

A   Bea, wie alt fühlst du dich eigentlich?

B   Meistens so alt, wie mein Personalausweis angibt.

A   Aber manchmal auch jünger?

B   Wenn die Sonne scheint. Oder nach dem Sport. Oder auch älter…

A   Wenn du müde bist. Oder am Abend.

B   Genau.

A   Also ich fühle mich manchmal unsichtbar, das ist wirklich nicht schön.

B   Aber ich sehe dich doch, du sitzt neben mir.

A   Ja, du siehst mich. Aber andere sehen mich nicht.

B   Wer zum Beispiel?

A   Die Leute auf der Straße. Das ist unglaublich. Wenn ich mit meinem Sohn eine belebte Straße entlang gehen, schauen alle, ausnahmslos alle, auf meinen Sohn und nicht auf mich. Ich bekomme keine Blicke mehr ab.

B   Und wenn du mit deiner Tochter gehst?

A   Dann noch weniger.

B   Sind deine Kinder wirklich so hübsch?

A   Frisch und jung. Aber das ist es ja eben. Man schaut sie an, weil sie jung sind und weil man etwas von ihnen erwartet, nicht weil sie hübsch sind.

B   Und dich schauen sie nicht an?

A   Nein, also ob ich ein Gespenst wäre. Einen Tarnmantel um die Schultern hätte.

B   Und wenn du alleine die Straße entlang gehst?

A   Ältere Herren schauen mich noch an, oh ja. So ab 15 Jahre älter als ich. Aber alles, was jünger ist als ich…sie schauen durch mich hindurch. Wie durch eine Nebelgestalt. Sie registrieren mich nicht. Ich bin Luft für sie! Ich komme in ihrer Welt nicht vor.

B	So als ob du gestorben wärst und als Geist auf Erden wandeltest.
A	Kein schönes Gefühl.
B	Nein, wirklich nicht. So als ob es zwei getrennte Welten gäbe.
A	Eine für Junge und eine für Ältere und vielleicht noch eine für die Toten.
B	Du solltest es mal mit schreienden Farben versuchen. Quietsch-rosa oder Giftgrün. Ich denke, das könnte helfen.
A	Bea, du kennst meine Obsession für Kleider. Natürlich habe ich das auch schon versucht. Mein Kleiderschrank gibt das her.
B	Und? Haben sie dich gesehen?
A	Nein! Haben sie nicht. Stell dir das vor. Sie haben nicht mich gesehen, nur meine Kleider haben sie angesehen. Das war so ein komisches Gefühl.
B	Hätte ich nicht gedacht.
A	Ich fühlte mich noch mehr wie ein Gespenst. Weißt du, wie diese Gespenster in den Filmen, die mit leeren Kleidern herumfliegen, leere Ärmel, leerer Kragen und du siehst nur die Kleider wandeln?
B	Und damit bist du nicht zufrieden? Es sind immerhin deine Kleider.
A	Ich will gesehen werden, ich, Annie. Ich will, dass sie mir ins Gesicht sehen. Aber nicht mal die Kassiererin an der Kasse schaut mir mehr in die Augen. Egal, wie freundlich ich bin. Sie hält den Blick gesenkt.
B	Doch ein Gespenst. Ich glaube, deswegen sprechen die älteren Leute immer mit so einer betörenden Stimme wie die Märchenerzähler, damit sie noch gehört werden als Gespenster.

A	Und die älteren Damen tragen ein angeklebtes Lächeln im Gesicht.
B	Das hebt die Gesichtszüge. So wirken sie nicht so mürrisch.
A	Und sie hoffen, dass die Menschen sie spüren, ihre Freundlichkeit, ihre Wärme, ihre Lebendigkeit und auf sie reagieren.
B	Oder sie tragen riesige Schmuckstücke, richtige Hingucker, Magnete für die Blicke.
A	Damit sie gesehen werden.
B	Ja, das wünschen wir uns alle.
A	Aber alle sehen nur die Schmuckstücke.
B	Ich glaube, man nennt das den sozialen Tod, wenn die älteren Menschen nicht mehr wahrgenommen wirst.
A	Dann bist du nicht mehr wahr, dann existierst du gar nicht mehr.
B	Aber es bleibt ja noch Unseresgleichen. Wir nehmen uns immer noch gegenseitig wahr. Das ist die letzte Zuflucht.
A	Das ist wie in einem Fantasy-Film, nur die Gleichaltrigen sehen sich wirklich. Die Jüngeren sehen dich nicht mehr. Und die, die dich nicht sehen, werden immer mehr, je älter du wirst.
B	Ja, das ist korrekt. Es werden mehr und mehr.
A	Wie gut, das wir uns treffen, wir sehen uns noch.
B	Wir sehen uns noch an. Für mich existierst du noch, Annie.
A	Wenigstens etwas, sonst müsste ich an mir zweifeln.
B	Tja, stell dir mal vor, es gäbe niemanden mehr, der deine Existenz bezeugen könnte.
A	Nur noch dein Perso!
B	Und selbst den müsstest du jemandem zeigen, damit er ihn verifiziert.
A	Dann bin ich nur noch ein Ausweis.

B	Hast du es schon mal mit Anrempeln versucht? Manche älteren Leute machen das, etwa auf der Straße. Dann spüren sie sich wieder.
A	Na, ja so weit bin ich noch nicht, solange ich dich noch habe. Bei dir sehe ich, dass du mich siehst. Das ist beruhigend.
B	Was meinst du? Glaubst du, wenn sich zwei Unsichtbare unterhalten, ist das ein Beweis für ihre Existenz? Interessantes logisches Problem.
A	Stopp, jetzt lass uns über etwas anderes reden. Das ist keine Logelei, das geht mir wirklich an die Substanz, das ist todernst.
B	Aber ich könnte das Problem logisch lösen.
A	Nein, Danke, ich habe es schon existentiell gelöst.
B	Wirklich?
A	Ja, ich werde sehr laut. Sobald ich reden darf, bemerken alle, aber auch wirklich alle, dass ich auf dieser Welt noch existiere und meinen Platz mit Stimmgewalt behaupte.
B	Die letzte Waffe der Unsichtbaren – ein Schrei.

SCHUHE

A   Erinnere dich, Bea, wir wollten über Schuhe sprechen.

B   Nein, bitte nicht schon wieder.

A   Ach, komm, auch du brauchst Schuhe.

B   Ja, aber ich kaufe die Schuhe zur Fortbewegung, einfach Fortbewegung. Dicke Sohle, weich, zur schnellen und lautlosen Fortbewegung.
Unsere Füße sind nicht dafür gemacht, auf Beton zu gehen, sondern auf Waldboden. Also brauchen wir Sohlen wie ein Waldboden.

A   Lautlos wie ein Indianer? Ach Bea, dann hört dich ja keiner!

B   So soll das auch sein. Du weißt, ich bin nicht der Star, ich bin der Beobachter.

A   Dann bin ich der Star. Ich liebe es, wenn jeder meiner Schritte meinen Weg markiert, mit einem lauten Tack.
Jeder weiß, wo ich bin.
Jeder weiß, wie ich drauf bin. Mit welcher Stimmung im Gemüt ich ankomme.
Jeder weiß, dass ich komme, das hört man schon an meinem Gang.
Ich bringe immer meinen eigenen Intro-Sound mit. Wie in einer Netflixserie. Mit mir als Hauptdarstellerin.
Die Schuhe, der Schlüssel, meine Armbänder….ich liebe diese Geräusche, die mich ankündigen, lange bevor ich auftauche.
Dann sind alle bereit und gespannt und suchen mich. So mag ich das.

B   Der König hat früher auch immer Boten vorausgeschickt. Die Trompeter.
Damit man alles zum Empfang bereit macht. Stehen sie bei dir auch Spalier?

A	Lange, bevor ich auftauche, schauen sie schon nach mir. Jede Unterhaltung wird unterbrochen, man wartet und erwartet mich. Und sie stehen Spalier.
B	Du rollst einen akustischen Teppich vor dir aus, auf dem du dann daher schreitest.
A	So habe ich das noch nie gesehen, aber du hast recht. Ich besetze den Raum und nicht nur den, den ganzen Weg und die Korridore.
B	Und wehe, jemand ist lauter als du, dann gibt es Krach!
A	Das Vorrecht der Frauen.
B	Auch nicht mehr, mein Kollege hat auch sehr laute Sohlen.
A	Braucht er das?
B	Ich glaube schon, er ist noch ehrgeizig, genauso wie du.
A	Brauche ich das? Weiß ich nicht. Auf jeden Fall finde ich es total genial. Das hat eine Wirkung!
B	Und außerdem bist du 10 cm höher in deinen Schuhen.
A	Das ist wichtig. Dann wird meinen Rang um 10 cm erhöht, meine Bedeutung steigt, das Ansehen erhöht sich.
B	Ja, das An-sehen ändert sich, im wahren Wortsinn.
A	Es gibt mehr Leute, auf die ich herabblicken kann und mehr Leute, die ich auf Augenhöhe erreiche…
B	Nimm dir ein Beispiel an unserem Bundeskanzler, der hat solche Probleme nicht.
A	Hast du den schon mal in hohen Schuhen gesehen? Echt?
B	Nein, eben nicht! Darüber macht der sich keine Gedanken.
A	Na ja, er hat ja eine gute Position, die ist so gut wie hohe Schuhe.
B	Und deine Position ist nicht gut genug?
A	Sagen wir, es kann immer noch höher gehen. Außerdem musst du in einer Werbeagentur immer die Kunden

	beeindrucken, damit sie glauben, du bist das Geld wert, das sie in deine Ideen stecken.
B	Ja, ja, ich weiß, dein Kleiderschrank.
A	Ja, für jeden Kunden ein anderes Outfit. Ich schaffe das.
B	Und die Schuhe?
A	Trage ich nur im Büro, habe ich ein ganzes Sortiment im Schrank.
B	Je nach Kunde.
A	Genau, bei den kleinen trage ich lieber meine Straßenschuhe.
B	Autofahren kann man in diesen Stelzen ja auch nicht.
A	Nein, das ist wirklich gefährlich. Egal, was uns die Autowerbung weismachen will.
B	Ach du meinst, diese Autowerbung für dicke Limousinen? Wenn sich da die weitschwingende Fahrertür öffnet…
A	…und du siehst, wie ein glänzender Hochseilakt von einem Stiletto mit lackierten Fußnägeln den Asphalt betritt.
B	Als ob dieser Schuh das Gaspedal bedient hätte.
A	Nein, solche Stilettos haben natürlich einen Chauffeur.
B	Sehr wichtig sind ja auch die kostbaren Feinstrümpfe, die solche Stilettos erfordern.
A	Genau, das regt die Phantasie an. Sie sehen aus wie Haut, sogar besser als meine Haut…so hübsche Muster!
B	Sind aber keine Haut, sondern durchsichtige Bedeckung.
A	Eigentlich wie Dessous. Verbergen, um zu locken.
B	Eigentlich müssten deine Kollegen dir es doch total übernehmen, dass du mit den Waffen einer Frau arbeitest.
A	Da wäre noch die Frage, ob die Waffen einer Frau stärker sind als die Waffen eines Mannes. Die sind ja auch nicht unbewaffnet.

B	Wieso? Die tragen weder Feinstrümpfe noch Stilettos.
A	Sehr selten, ja. Aber das brauchen die auch nicht. Ein haben gemeinsame Hobbies mit den Kunden. Fussball, Segeln, Hiken, Whisky, blöde Witze...Mann sein eben, das ist die Gemeinsamkeit.
B	Die hast du nicht.
A	Nein, deswegen muss ich sie anders beeindrucken.
B	Verstehe, aber wie machst du das bei Frauen?
A	Ja, das ist nicht einfach. Die Waffen einer Frau sind bei einer Frau stumpf und lächerlich. Wenn ich da mit Stilettos komme, lächelt die mich müde an und ihre Augen sagen: immer noch das alte Spiel? Sind wir darüber im 21. Jh. nicht längst hinaus?
B	Meistens sind es doch aber Frauen, die genauso gekleidet sind wie du?
A	Es gibt solche und solche. Und du musst vorbereitet sein. Facebookfotos helfen da sehr.
B	Du stalkst die vorher?
A	Ich würde es recherchieren nennen. Schau dir an, wie sie in ihrer Freizeit aussehen, wenn sie ihren wahren Menschen zeigen, dann weißt du, wie du ihnen begegnen musst.
B	Dann imitierst du ihren Style?
A	So einfach ist es nicht. Wenn ein Mann für die gleiche Fußballmannschaft ist wie sein Kunde, verbindet das. Wenn aber eine Frau die gleichen Klamotten trägt wie ihr Geschäftspartner, dann spaltet das.
B	Klar, wie die Geschichte auf dem Ball.
A	Wie ist die?
B	Wenn zwei Frauen sich auf einem Ball mit dem gleichen Kleid treffen, fahren beide schnell nach Hause, um sich umzuziehen.
A	Wenn aber zwei Männer sich mit dem gleichen Smoking treffen…

B	Unterhalten sie sich angeregt über die Vorzüge dieser Marke und fühlen sich sehr wohl dabei.
A	Was sagt uns das jetzt?
B	Dass Frauen Kleider als einen Teil ihrer Persönlichkeit betrachten, Männer aber nicht?
A	Also Männer teilen ihre Persönlichkeit nicht mit ihren Kleidern?
B	Nein, so meine ich das nicht. Für Männer ist ihre Kleidung kein Teil ihrer Persönlichkeit, deswegen nehmen sie es nicht persönlich, wenn jemand mit dem gleichen Gewand auftaucht. Für sie ist es nur eine Schale.
A	Wenn sie sich in Schale werfen.
B	Genau!
A	Und erst geschält sind sie, wer sie eigentlich sind.
B	Also im Naturzustand. Ohne Verpackung.
A	Ja, und bei Frauen gehört die Verpackung als ihr eigenes Werk dazu. Teil ihrer Identität.
B	Kompliziert…Also Frauen sind sie selber nur in ihren Kleidern, Männer sind sie selber vor allem ohne Kleider.
A	Was für ein Körpergefühl. Beneidenswert. Ich fühle mich ohne Kleider einfach nur nackt. Unvollständig sozusagen.
B	Das war der Beweis.

DESSOUS

A   Irgendwie fühle ich mich heute nicht wohl, etwas stört mich.

B   Was ist dir denn über die Leber gelaufen?

A   Nein, ist schon seit heute morgen so. Irgendetwas stimmt nicht.

B   Medikament vergessen?

A   Nein…

B   Zu wenig Koffein getankt?

A   Nein…(richtet BH-Träger gerade) Jetzt weiß ich es.

B   Dann erzähl!

A   Mein BH passt nicht zu meinem Slip.

B   Das ist jetzt nicht wahr.

A   Habe ich heute morgen echt nicht gemerkt. In der Dunkelheit in die Schublade…

B   …und das merkst du?

A   Mein Unterbewusstsein….

B   Nein! Dazu fällt mir nur ein: Prinzessin auf der Erbse…einfach nicht zu glauben.

A   Doch wirklich, ich habe es den ganzen Tag gespürt. So eine Unruhe…

B   Ja, sag mal. Spürst du denn während des Tages, was du da unten trägst?

A   Aber ja. Das weiß ich genauer als was ich oben drüber trage.

B   Sag bloß. Das heißt, dein inneres Selbstbildnis trägt Dessous, aber keine Oberkleidung.

A   Ja, so nehme ich mich wahr. Und du, läufst du etwas nackt in deinem Selbstbildnis?

B   Gute Frage. Nein, ich glaube nicht. Aber ich glaube, ich bin komplett bekleidet.

A	Ach, dann bist du wohl auch eine von denen, die Unterwäsche nur zum Wärmen trägt?
B	Natürlich.
A	Und im Sommer eher nicht?
B	Na ja, der Temperatur entsprechend viel weniger.
A	Banausen. Die Dessous sind doch die wichtigsten Kleidungsstücke.
B	Die niemand sieht.
A	Fast niemand und eher selten. Aber wenn!
B	Ja, dann!
A	Aber egal! Ich weiß, was ich trage.
B	Ganz alleine du weißt es.
A	Ja, das ist ein tolles Gefühl. Ich gehe durch die Stadt, fahre Bus, steige Treppe hinauf und hinunter und niemand außer mir weiß, was ich auf der Haut trage.
B	Soll ich dich jetzt beneiden oder bewundern, was hättest du gerne?
A	Beides nehme ich gerne entgegen. Ich fühle mich wie eine Seiltänzerin. Die habe ich schon als Kind immer bewundert.
B	Diese engen, glitzernden Kostüme…
A	Der Wahnsinn. So kann man der Welt die Stirn bieten, wie diese Akrobatinnen in enger Seide.
B	Seide im Winter?
A	Ich trage nur Seide auf der Haut. Und Winter ist mir egal. Es geht doch nicht um Wärmedämmung!
B	Nein wahrscheinlich geht es mehr darum, ein Bild zu erzeugen. Ein Selbstbildnis. Und es anzuziehen wie diese Ausschneidepuppen früher, mit hübschen Kleidern, die man ihnen mit Pappnasen über die Schultern hängen konnte.
A	Kein schlechter Vergleich. Ich sehe, du näherst dich langsam an.

Genauso geht das. Ich bin die Puppe und ich hänge ihr wunderschöne Dessous um, die niemand sieht außer mir und ich spüre sie obendrein und werde den ganzen Tag daran erinnert, was für ein edles Bild ich unter meinen Kleidern abgebe. Königlich in Seide.

B   Wird dein Mann da gar nicht misstrauisch, wenn du dich unter den Kleidern so herausputzt, wer weiß für wen?

A   Jetzt redest du wie ein Mann!

B   Wie dein Mann?

A   Ja, es hat eine Weile gebraucht, bis er es verstanden hat.

B   Dass du die Dessous für dich kaufst.

A   Ja, und nicht für ihn und nicht für einen anderen Mann, für überhaupt keinen Mann eigentlich.

B   Hat er das akzeptieren können?

A   Ja, ja, jetzt hat er selber Spaß daran, Dessous auszusuchen, auch wenn er sie selten zu Gesicht bekommt.

B   Aber er weiß jetzt genauso wie du, dass du sie trägst. Du hast sozusagen einen Mitwisser.

A   (lacht) Das stimmt. Aber es ärgert mich so, dass ich heute Morgen einen smaragdgrünen BH mit einem Slip in Taupé kombiniert habe. Es hätte fast meinen Tag ruiniert.

B   Hat es aber nicht?

A   Jetzt weiß ich ja, warum, jetzt verstehe ich es. Dann ist es nicht so schlimm.

B   Manche Leute haben ihre Talismane bei sich, um durch den Tag zu kommen, du hast deine Dessous.

A   So sehe ich das auch. Sie geben mir Zuversicht. Wenn ich an diese wunderschönen Spitzen denke, dann glaube ich wieder an das Gute und an große Leistungen, die möglich sind. Hast du so etwas dann gar nicht?

B   Weiß nicht….

A	Bei meinem Mann ist es das Aftershave. Mit Aftershave ist er unbesiegbar, charmant und unermüdlich. Ohne das ist er nicht er selber.
B	Lässt sich das steigern?
A	Ich versuche es immer wieder Weihnachten mit einer neuen Duftnote, aber nein, er hat seins und dem bleibt er treu....
B	Tja, ich glaube, bei mir ist es die Baumwolle.
A	Nee, die Baumwolle? Wo ist die denn? Obwohl, wenn ich dich so ansehe, an dir ist alles Baumwolle.
B	Das meine ich ja. In Baumwolle fühle ich mich einfach wohl, ich selbst, sozusagen. Aber wehe, es haben sich aus Versehen ein paar Prozent Polyester eingeschlichen, dann kommt mein gesamter Wärmehaushalt durcheinander und ich fühle mich den ganzen Tag gestört.
A	Gestört?
B	Ja.
A	...und dann bin ich die Prinzessin auf der Erbse?
B	Tja, wenn ich so drüber nachdenke, ist das auch ganz schön merkwürdig. Aber es stimmt. Und wahrscheinlich kann ich es auch technisch beweisen, wo der Unterschied liegt.
A	Sicher kannst du das, Bea, das glaube ich dir sofort. Die Frage ist nur, erklärt das irgendetwas? Es bleibst immer noch du, die diese Unterschiede bemerkt und wahnsinnig stark darauf reagiert. Und, weißt du Bea, das muss man nicht erklären, das ist einfach so. Teil der Persönlichkeit.
B	Na, wenn du das so sagst, bleiben wir einfach dabei.
A	Machen wir, Bea, ich in seidenen Spitzendessous und du ganz und gar in Baumwolle!
B	Aber bitte nicht anders herum, Annie!

A	Auf keinen Fall, mit so viel Baumwolle würde ich mich fühlen wie in Watte verpackt. Unsichtbar.
B	Und ich in deinen Seidendessous nackt vor der Welt, nicht nur vor mir.
A	Nein, Danke.
B	Nein, besser nicht.
A	Man sollte kaum glauben, dass wir befreundet sind.

NARZISS

Narziss ist in der antiken Mythologie ein junger Mann, körperlich so schön, dass sich alle nach ihm verzehren. Aber er aber erhört keinen, nicht Jungen, nicht Mädchen. Zur Strafe für diese Liebesverweigerung schicken ihm die Götter einen todbringenden Fluch: er verliebt sich in sein eigenes Bild, das er eines Tages beim Trinken auf der spiegelnden Oberfläche eines Sees sieht.

Lasst uns die Geschichte mal in die Gegenwart setzen.

Narziss ist ein junger Student, nicht sehr klug, nicht sehr fleißig, das braucht er gar nicht, denn er ist extrem gutaussehend. Er ist so schön, dass alle Menschen zweimal hinschauen, weil sie es nicht glauben wollen, dass diese Perfektion aus allen Blickwinkeln wirklich wahr ist. Im Profil, von vorne, sogar von hinten.

Natürlich hatte das Folgen. Positive und negative. Die positiven sind, dass er in einer Welt lebt, die ganz anders aussieht als die unsere, sie ist tropisch warm und rosenrot. Man öffnet ihm die Türen mit einem Lächeln und versucht seine Wünsche zu erraten, bevor er daran denken kann. Er lebt in einer wunderbaren Welt, die wir nicht kennen, leuchtend schön, wo alle sich fürsorglich um ihn bemühen, in der Hoffnung, ein Lächeln von seinen Lippen ernten zu können. Er glaubt, dass er aufgrund seiner Leistungen erfolgreich ist, aber das glauben sie alle.

Doch es gibt natürlich auch die negativen Folgen: Menschen, die sich nicht mit einem Lächeln zufrieden geben wollen. Menschen, die ihn begehren, die sich an seiner Schönheit weiden wollen, wie ein Schaf auf einer Wiese. Und davon gibt es viele, Männer wie Frauen. Über die Ansinnen der Verliebten, seines Körpers habhaft zu werden, ist er empört.

Aber seine Schönheit ist so infektiös, dass sie eine große Anzahl von wahnsinnig Verliebten hervorbringt, die ihn nicht mehr in Ruhe lassen. Sie glauben, ein Recht auf seinen Körper zu haben, wenigstens auf den Wettstreit um seinen Körper. Sie wollen sich an seiner makellosen Perfektion laben. Aber er will seine Schönheit unberührt für sich behalten und sie mit niemandem teilen. Doch die Einsamkeit lastet wie ein Berg auf seiner Brust.

Es bildet sich eine Discors-gruppe enttäuschter und zorniger Liebenden, die ihr Wut dort aufschäumen lassen (Gischt/Milchausschäumer – passt beides) . Und ihr wisst ja, wie es in solchen Gruppen zugeht, irgendwann drängt die Klage zur Tat. Sie lassen sich etwas einfallen: einer der Verliebtesten, ein begabter Komponist, ansonsten leider ziemlich unansehlich, baute für sich einen Fake-Account auf. Mit einem Foto von Narziss, besser nicht mit seinem, da wenig werbewirksam, aber mit anderen Lebensdaten und einem Freundschaftsangebot an den echten Narziss.

Der ist hocherfreut, endlich einen von Seinesgleichen zu treffen, einen anderen Schönling, und ihm so ähnlich! Sodass er ihn sofort einlädt und mit seinem Zwilling eifrig Kommentare austauscht. Endlich jemand, der ihn versteht und nicht nur auf seine Schönheit sieht! Der Komponist managt den Fake-Account nun so, dass der unechte Narziss ein ähnliches Schicksal hat wie der echte: fast genauso viele Follower und auch zahlreichen ungewollten Verfolgungen zu erleiden hat, genau wie unser Narziss. Das bindet sie noch näher zusammen. Das heftet die Seele unseres Narziss noch unausweichlicher an die des falschen. Bürder im Schicksal!

Daraufhin lässt der Komponist den unechten Narziss nur mit Zitaten antworten, die von dem echten Narziss stammen. Was den echten in die höchste Verzückung treibt. Endlich eine verwandte Seele, endlich jemand, der das gleiche Schicksal teilt, nämlich ein Schöner zu sein in einer hässlichen Welt. Endlich jemand, der ihn, Narziss, hinter der Schönheit sieht.

Der echte Narziss lässt sich leicht in diesem Netz fangen, er fühlt Freundschaft, er fühlt Nähe, er fühlt Liebe. Morgens, wenn er aufsteht, ist der andere Narziss der erste, den er fragt, wie er die Nacht verbracht hat, und vor dem Schlafengehen der letzte, der noch ein Lebenszeichen von ihm bekommt.

Der Komponist ist sehr zufrieden, denn Narziss öffnet ihm seine Seele, seine Sehnsucht, seine Verzweiflung. Aber er nimmt nur wahr, was ihn von Narziss trennt: seine Schönheit und seine Verweigerung. Und hasst ihn dafür umso mehr.

Er füttert den armen Narziss weiter mit Selbstzitaten und Schmeicheleien, wie die Arbeiterbienen an ihre Königin Honig verfüttern und sie abhängig machen - bis Narziss glaubt, ohne seinen Zwilling nicht mehr leben zu können. (Sie können da an .....denken) Aber jeder Versuch von seiner Seite, den anderen Narziss zu treffen, scheitert.

Der Komponist weiß nicht mehr, was er tun soll. Sich ihm offenbaren? Sich selbst dem Narziss zeigen und hoffen, dass er mit ihm, dem Komponisten, vorlieb nähme? Das ist so unwahrscheinlich. Er muss nur an all die Tiraden denken, die Narziss gegen die Schwärme von Verliebten ausstößt, um sich da ganz sicher zu sein. Also beschließt er, das Spiel einfach weiterzutreiben. Narziss sollte dieselben Leiden wie der Komponisten erfahren, der auch nicht bekommt, was er will, nämlich ihn, den Narziss, berühren zu dürfen.

So jagt er Narziss durch die Welt der social medias, macht Treffpunkte aus und sagt sie wieder ab. Nutzt alle Strategien einer verwöhnten Schönen, die ihren Liebhaber so verrückt machen will, dass er ihr einen Antrag macht.

Aber Narziss ist das alles nicht gewohnt. In seiner Welt gibt es nur Sehnsucht nach IHM und süße Worte, um IHN zu gewinnen. Das umgekehrte Spiel die Werbung kennt er nicht.

Dass sich jemand so sträubt, erschüttert ihn zutiefst. Und das ist sogar jemand, der seinesgleichen ist, der ihn versteht, der in seiner Liga spielt, und der verschmäht ihn? Wie kann das sein?

Genau wie Narziss wird der andere niemals einen anderen finden, der dieselbe Sprache spricht. Sie sind füreinander bestimmt. Sie müssen sich treffen und eine gemeinsame Welt über sich aufspannen, wie einen Regenschirm, unter dem sie zusammen leben können. Sie können auch an einen Baldachin denken.

Es geht wieder ein Jahr ins Land und Narziss trennt sich nicht mehr von seinem Smartphone, nicht am Tag und auch nicht in der Nacht, es klebt an seinem Körper. Sein Geliebter ist da im Smartphone und er ist nicht hier, in Person. Welche Qual!

An den Fotos, die der Komponist eifrig aus dem echten Account in den falschen kopiert, sieht unser Narziss, wie auch der andere leidet, genauso wie er selbst. Der magert ab, er bekommt Falten, die ihn noch markanter machen, das Blau seiner Augen wird trübe. Er leidet mit ihm, wenn er sieht, wie er leidet.

Da er weiß, dass der andere irgendwo existiert, fühlt er sich noch einsamer. Gibt es nicht diese Kugelmenschen bei Platon, die früher einen gemeinsamen Körper besessen haben und nach der Abspaltung herumlaufen, jammernd und weinend, immer auf der Suche nach der anderen Hälfte?

Er hat mit ihm Nachrichten ausgetauscht, unendlich viele. Aber es genügt ihm nicht mehr. Er will ihn endlich fassen und seine Wärme spüren, seinen Atem hören, seine Hand halten. Aber der andere will nicht, das ist nun offensichtlich.

In seiner Verzweiflung beauftragt er einen in IT-Dingen erfahrenen Detektiv, erfahrener als unser Komponist. Der findet in wenigen Tagen heraus, wer diesen Fake-Account betreibt. Sehr raffiniert hat der Komponist es nicht angestellt.

Als Narziss die Neuigkeit erfährt, schaut er auf den Namen des Komponisten, der ihm nichts sagt. Darauf googlet er ihn und sieht, dass er keinerlei Ähnlichkeit mit einem Narziss hat. Die Enttäuschung überschwemmt ihn wie eine Sturmflut, den elenden Komponisten hat er längst vergessen.

Er schafft es gerade noch, den Detektiv zu verabschieden, bevor er auf seinem Bett zusammenfällt zu einem Haufen Elend. Jede Hoffnung auf eine gemeinsame Welt ist ihm gestorben. Er ist wieder alleine mit sich selbst in diesem leeren Weltall. Verlassen von der einzigen Seele, die ihm hätte nahe sein können. Niemand mehr, der seine Sprache spricht, der in seiner Welt lebt, der ihn ohne seine Schönheit kennt. Und draußen alle diese verrückten Hunde, die nach seinem Körper hecheln.

Die Einsamkeit lastet wieder wie ein Berg auf seiner Brust. Die unerfüllbare Sehnsucht raubt ihm den Lebenswillen. Seine enttäuschte Hoffnung vergällt ihm das Blut. Er kann nicht mehr.

Er muss diese Welt verlassen, die für jemanden wie ihn keinen Platz bereit hält.

Auf seiner Facebookseite postet er das Bild einer Narzisse, wie er es aus einer alten Sage kennt, die seinen Namen trägt. Die Blume, auf seinem Grab. Der Fluch hat sich erfüllt. Sein Leiden ist zu Ende. Der, der zu schön war für diese Welt, ist nun ausgemerzt und durch eine harmlose Blume ersetzt.

Aber die Liebesgeschichte der beiden oder des einen lebt weiter, auch wenn beide Facebook-Konten inzwischen gelöscht sind.

WHAT KEEPS YOU GOING?

B   Sag mal, Annie, wir kennen uns ja schon ziemlich lange.

A   Ja, an die 22 Jahre, wir haben viel zusammen erlebt.

B   Ich habe dich schon an so vielen verschiedenen Tagen gesehen, aber meistens hast du gute Laune. Wie schaffst du das?

A   Na ja, ich arbeite im Service, da gehört das zum Job.

B   Das wird dann zur zweiten Natur? Sodass du sogar mir etwas vorspielst?

A   Vielleicht. Aber ich merke es nicht.

B   Und wenn du abends zu Bett gehst, bist du immer noch so gut gelaunt.

A   Jaha.....du nicht?

B   Sicher nicht, dann habe ich die Tagesthemen gesehen und bin erst mal wieder bedient.

A   Die schaue ich mir nie an. Ich bin für das Heute Journal um 19.30. Bis ich ins Bett gehe, habe ich die schlimmsten Bilder aus den Nachrichten schon wieder vergessen.

B   Das heißt, du schützt dich vor schlechten Nachrichten?

A   Ja, vor allem, was nicht in meiner Macht steht, es zu ändern. Ich glaube, das ist stoisch.

B   Das ist aber ein bisschen blauäugig. Es ist ja immer noch da.

A   Ja, ja, ich vergesse es ja auch nicht, aber es ist eben keine Herzensangelegenheit mehr.

B   Du weist also diese schlimmen Bilder von dir.

A   Ja, das könnte man so sagen. Ich kann nicht alles Leide der Welt in mir aufnehmen. Kannst du das?

B	Ich versuche es zu verstehen und zu begreifen und es deprimiert mich. Vor allem, weil die Nachrichten immer schlimmer werden.
A	Dir ist natürlich klar, dass du da eine Auswahl serviert bekommst, die nicht du getroffen hast.
B	Natürlich, aber ich vertraue meinem Sender.
A	Tja, also vom Standpunkt einer Werbeagentur aus habe ich nie verstanden, wie die Nachrichtensendungen zu ihrer Nachrichtenauswahl kommen. Sie quälen die Leute damit, obwohl sie auch anderes servieren könnten.
B	Positive Nachrichten zum Beispiel.
A	Ja, mit der Auswahl an Katastrophen werden sie doch niemanden überreden, sie wieder anzuschalten. Außer es sind Masochisten. Nachrichten sind eine Qual, die man täglich durchsteht.
B	Du hast so recht, aber das muss man doch. Wissen, was in der Welt vor sich geht.
A	Das verstehe ich ja, aber du hältst es doch nicht aus, dass die Auswahl immer negativ ist?
B	Nein, das halte ich eigentlich nicht aus.
A	Da schimpfen sie auf die Digitalen Medien, dass sie nur die schlimmen Nachrichten hypen, aber sie sind doch genauso.
B	Es ist schon eine seelische Misshandlung.
A	Ich schaue mir einmal in der Woche diese internationalen Negativ-Nachrichten an, mehr emotionale Kapazität habe ich nicht.
B	Und das verkraftest du?
A	Ja, das geht, denn jeden Tag in meinen Alltag bekomme ich ja unzählige positive Nachrichten, die mich mit Kraft füllen, aber die würden es nie in die Nachrichten-Sendungen schaffen.
B	Und was wäre das?

A	Projekte, die gut anlaufen, Leute, die mich anlächeln, meine Familie, die einfach da ist....Gänseblümchen.
B	Da hast schon Recht, ich kann diese schlimmen Nachrichten von Krieg, hungernden Kindern und grausamen Kriegern nicht verdauen. Sie liegen mir zu schwer im Magen.
A	Und am liebsten würdest du zu ihnen reisen und mit ihnen leiden.
B	Ja, woher weißt du das? Genauso ist es. Dann würde ich wenigstens wissen, warum ich leide und mich beklage. Aber so zu wissen, was alles in der Welt passiert und dann in mein Nutella-Brot zu beißen, das ist so pervers.
A	Du isst immer noch Nutella? Ich dachte, das sei etwas für Teenager im Wachstum!
B	Nutella hilft gegen Depressionen, das wissen auch die Teenager.
A	Das Schicksal hat uns nun einmal hierher gesetzt, damit wir hier unseren Platz ausfüllen. Wenn wir alle in die Ukraine laufen, wäre den Menschen dort überhaupt nicht geholfen. Die brauchen, dass wir gut wirtschaften und genug Geld generieren, dass wir ihnen damit helfen können.
B	Denkst du? Und dabei geht es dir gut?
A	Jeder an seinem Platz. Meine Tochter sammelt jeden Sonntag auf dem Marktplatz für die ukrainischen Schulkinder.
B	Und das hilft dir auch?
A	Aber ja. Und dann habe ich wieder eine Präsentation, die so grell toll läuft, dass ich wieder voll in Strom bin.
B	Diese Erfolgserlebnisse sind bei einer Statistikerin eher selten.
A	Aber es gibt doch andere Dinge, die dich mit Energie füllen können. Die Vögel, zum Beispiel, Farben, Gerüche. Der Wind....

B	Der Wind?
A	Ja, der Wind ist mein großer Freund. Ich liebe Wind. Dann fühle ich mich schwerelos, von einer großen Wolke umarmt und von großer Bewegungsenergie erfüllt. Dann kann ich alles erreichen, wie hoch es auch sei.
B	Der nimmt dich dann mit in die Höhe?
A	Ja das ist wundervoll! Wie Mary Poppins. Sich einfach hochheben lassen vom Wind.
B	Und die Sonne schaut gütig herab.
A	Aber ja, die Sonne ist Energiespender Nr. 1. Wenn man mich bitten würde, eine Religion zu stiften, wäre es die der Sonnenanbetung.
B	Mit der Sonne gegen die katastrophalen Nachrichten.
A	Und der Wind. Ich war mal in San Franzisko.....
B	Dort weht immer Wind, nehme ich an.
A	Klar, liegt ja an einer Küste. Ich fühlte mich wie in einem Meer von Wind, ich hatte fast kein eigenes Gewicht mehr, ich ließe mich treiben, ich fühlte mich selber wie ein Wind. Ein großer Wind, der Landschaften durchfegt und Städte aufmischt. Es hat noch lange nachgewirkt. Ich habe mich mit dieser gewaltigen Kraft verbunden, es war unheimlich schön.
B	Wind-Therapie, noch nie gehört.
A	Ach, fang du erst einmal damit an, nicht mehr jede Nachrichten-Sendung zu hören. Dosiere das Gift. Höchstens einmal täglich und nie abends, aber weniger, wenn du es nicht verträgst. Meine Dosis, wie gesagt, ist einmal wöchentlich.
B	Ja gut, die Tagesthemen sollte ich wirklich aufgeben. Sie füllen sonst meine Träume. Diese Bilder!
A	Auch eine Versicherungsmathematikerin muss nicht alles wissen. Nur so viel, wie ihr gut tut. Und du wirst

	auch weiter mehr Nachrichten konsumieren als ich, das weiß ich.
B	Aber nicht, weil ich sie besser vertrage.
A	Nein, aber weil du es nicht sein lassen kannst. Aber du könntest auch auf Nachrichten für Kinder switchen, die sind viel netter, aber dieselben Nachrichten.
B	Wenn du es keinem verrätst.....
A	Probiere es aus! Und versuche mal die Windtherapie. Lass die Nachrichten einfach wegfliegen.....
B	...wo sie hergekommen sind.
A	Befrei dich davon. Halte sie dir vom Leib! Du bist nicht für alle verantwortlich, was Schreckliches passiert. Auch wenn sie dir in der Schule so etwas eingebläut haben, es ist nicht wahr.
B	O.k., Frau Lehrerin. Aber vielleicht hast du recht.
A	Der Nachrichten-Mix, den wir bekommen, grenzt an Körperverletzung.
B	Ja gut, sie beschreiben ja auch oft genug Körperverletzungen.
A	Eben, wozu soll es dann gut sein? Ich als Werbefachfrau weiß, dass man die Botschaften auf die Kunden zuschneiden muss. Und unsere Nachrichtenportale gehen da ganz schön brutal vor.
B	Sie bringen uns die negativen Nachrichten, weil die seltener sind. Dabei gibt es so viele gute. Man muss nur die Myriaden von guten Nachrichten hinter den schlechten sehen.
A	Nette Idee. Wenn dir das hilft. Dann konzentrierst du dich auf die guten Nachrichten hinter den schlechten, die unsichtbaren. Als Statistikerin kannst du sicher gut ergänzen.
B	Es ist schließlich nur ein Teil der Wahrheit.
A	Und auch nur ein kleiner!

DER SMARADGRÜNE PULLOVER

B   Gestern musste ich an dich denken.

A   An mich?

B   Ja, an dich und deinen himmelblauen Mantel. Du weißt, der dich verwandelt.

A   Ja, ja, inzwischen trage ich den sehr gerne und die Leute sind immer wieder sehr überrascht.

B   Denke ich mir. Also ich habe so einen smaragdgrünen Pullover gekauft.

A   Wirklich so grün wie ein Smaragd?

B   Genau, eine unglaubliche Farbe. Deswegen schaut auch jeder dreimal hin, wenn ich damit auftrete.

A   Und? Gefällt dir die Aufmerksamkeit?

B   Ich weiß es nicht. Ich muss nicht einmal lächeln, das macht der Pullover für mich.

A   Spart Energie. Und wie fühlst du dich?

B   Eindeutig fremd. Wie ein Pullover- Träger. Erst kommt der Pullover, dahinter dann ich.

A   Oh, das ist schade. Du solltest dich so richtig DU fühlen. Endlich sehen, wer du bist.

B   Ich bin aber nicht der smaragdgrüne Pullover, sondern die, die da drinnen steckt.

A   Ach, sei doch nicht so kleinlich, das ist doch egal. Für die Leute ist das einerlei.

B   Denkst du. Und wenn ich am nächsten Tag komme mit normalem Outfit?

A   Dann erinnern sie sich an den Pullover und schauen dir trotzdem nach.

B   Pustekuchen. Niemand erinnert sich, sie suchen die Farbe an mir, finden sie nicht und fragen mich, ob es mir gut geht.

A   Und jetzt soll ich dich trösten?

B	Nein, lieber mit mir die Wirkung dieses blöden Pullovers diskutieren. Ich halte das nicht für normal.
A	Kleider machen Leute.
B	Eben, aber keine Menschen. Ich will aber lieber Mensch sein.
A	Das kannst du doch zu Hause. Wenn du aber aus der Tür gehst, bist du Leute.
B	Ach so siehst du das? Ich halte es eher mit „Kleider sind Verkleidung".
A	Kann ich akzeptieren, finde ich aber gut. So hast du die Wahl, wer du draußen sein willst. Drinnen weiß eh jeder, wer du bist, da ist es egal, was du trägst.
B	Aber für draußen sollen wir uns verkleiden?
A	Na ja, ist eine Frage der Konkurrenz. Wenn sich die anderen verkleiden, musst du auch. Sonst verlierst du.
B	Aber doch heute nicht mehr.
A	Das glaubst du wirklich? Also ich verkleide mich jeden Tag. Verstecke meinen Menschen hinter meinen modischen Kleidern.
B	Und das tust du für wen?
A	Na ja, ich habe mich schon als Kind gerne verkleidet, es liegt mir.
B	Himmelblauer Mantel...
A	Genau. Aber ich tue es auch für meinen Platz in der Gesellschaft.
B	Nicht doch!
A	Ja, weiß du, was das für einen Unterschied ausmacht, ob du in Abendgarderobe oder in Yoga-Outfit durch die Straßen gehst?
B	Die Leute machen dir in beiden Fällen Platz.
A	Ja, aber aus unterschiedlichen Gründen.
B	Dem Yoga-Outfit, damit du Sport machen kannst. Und Sportmachen ist ansteckend, das haben die Leute nicht gerne, also weichen sie aus.

A	Du weißt ja nicht, wie das ist. Ich in rosa leggings, ungeschminkt, mit Handtuch, schwitzend und Wasserflasche. Ich habe einen Korridor von 1 meter ganz für mich. Egal, wie voll die Fußgängerzone ist. Großartig! Und keiner grüßt mich!
B	Weil du so verschwitzt bist! Da ist das Küsschen auf die Wange ein wenig eklig. Das wollen sie nicht riskieren.
A	Tja, wenn du so willst. Der Abendgarderobe aber weichen sie aus Ehrfurcht, die pure Bewunderung für die schönen Stoffe, Seide, Taft, Pailletten - und das Bild, das man abgibt.
B	Aber dich sieht man ja meistens in Büroklamotten.
A	Ja, das ist so was zwischen geistigem Yoga-Outfit und ein wenig Abendgarderobe.
B	Was bedeutet das dann?
A	Ich kleide mich immer besser als es meine Gehaltsklasse erlaubt. Das ist immer ein Schritt nach vorne, nach oben.
B	Du schummelst also?
A	Ja, sicher. Das machen alle. Aber niemand soll denken, dass ich nicht auch ganz anders kann.
B	Das nennt sich, glaube ich, Rollensouveränität.
A	Der Begriff gefällt mir. Dann ist die Rolle wie ein Schuh, den du anziehen, aber auch ablegen kannst.
B	Manche Leute vergessen das und denken, sie seien die Rolle. Stell dir vor. Ich bin diese Tussi mit diesen gewaltigen falschen Wimpern. Und niemand darf mich je ohne die sehen, sonst ist meine Identität kapu
A	Oder noch schlimmer: die Leute, glauben, die Rollen, das seien sie. Weißt du, diese Leute, die bis in die letzte Zelle ihres Körpers Direktor oder Lehrer oder Zahnarzt sind. Und daneben bleibt nichts übrig. Nach Feierabend sind sie leere Hüllen, nichts dahinter.

B	Ach, Annie, da schauen wir in Abgründe der menschlichen Seele.
A	Aber nicht unsere.
B	Nein, denn ich bin ja ein Mensch, ich bin ja nicht Leute und ich brauche das auch nicht. Keine Rollen.
A	Und deine Kleidung als Mensch?
B	Du kennst meine Antwort, dient vor allem der Bequemlichkeit, der Wärme und Haltbarkeit.
A	Ich hätte es mir denken können. Warum vergesse ich das nur immer wieder?
B	Weil es bei dir so anders ist.
A	Ja, ich liebe Rollen, ich liebe Theater, ich liebe meine Auftritte. Aber ich kann mich auch mal in Yoga-Outfit öffentlich ausruhen.
B	Glaubst du, dass dich da niemand erkennt?
A	Ja, das weiß ich sogar ganz bestimmt. Niemand hat mich je darauf angesprochen.
B	Dann versteckst du dich in deinem Nicht-Outfit. Und keiner erkennt dich.
A	Das nenne ich Entspannung: kein Grüßen, kein Lächeln, kein Suchen nach einem verlorenen Namen.
B	Ich als Mensch muss mich nicht verstecken.
A	Ist aber schon etwas öde, oder? Immer dieselbe sein? Ach stimmt, du magst ja auch keinen Karneval.
B	Ach, ich treffe ja immer wieder auf dich und freue mich an deinen Geschichten vom Verstecken und Suchen und Verschwinden.
A	Du findest das kindisch.
B	Oh, darauf bin ich noch gar nicht gekommen. Wenn das kindisch ist, stehst du dazu?
A	In meinem Alter sollte man zu allem stehen, was man macht. Keine Reue mehr! Die ist für junge und wandelbare Leute!
B	Nein, wandelbar sind wir nicht mehr.

Also, ich Mensch, du Leute, lassen wir es für heute so stehen.

A   Na klar, du darfst mich auch weiterhin duzen.

B   Welche Ehre.

A   Außer, ich erscheine in Abendgarderobe.

HUNGER

A   Und, wie geht es dir?

B   Schlecht - ich habe Hunger.

A   Dann iss doch was, du kannst dir doch was leisten. Sushi?

B   Oh, ich habe mir schon zu viel geleistet.
Du weißt doch, wie gerne ich in Restaurants gehe....

A   Ich weiß, bin ja oft genug dabei.

B   Ja, und nun trage ich alles, was ich Überflüssiges gegessen habe, mit mir herum!

A   Oho, also willst du Pfunde los werden.

B   Ich muss, von wirklich wollen kann nicht die Rede sein.

A   Also um es auf den Punkt zu bringen, du bist auf Diät.

B   Ja, ich will mein Gewicht vom letzten Jahr zurückhaben.

A   Frommer Wunsch. Da hast du eine Pilgerreise vor dir.

B   Du kannst doch da nicht mitreden.

A   Nein, aber ich habe schon so oft deinen Leidensweg begleitet.

B   Ja, das ist es. Alle anderen dürfen essen, nur ich nicht.

A   Das ist wie eine Hungersnot.

B   Das ist wie Hungersnot im Krieg, ich alleine lebe im Krieg, freiwillig, und es gibt für mich nichts zu essen.

A   Und alle anderen sitzen in Friedenszeiten und schwelgen wie im Schlaraffenland.

B   Ja, so essen sie, mir ins Gesicht, so schamlos!

A   Und harmlos. Und du sitzt da und denkst, du bist im falschen Theaterstück.

B   Ach ja, ich würde gerne in einem Stück sitzen, wo alle hungern müssen und wir uns gegenseitig bemitleiden dürfen.

A	Stattdessen bemitleiden sie dich.
B	Oh ja, und versuchen mich zum Essen zu animieren....
A	Damit sie nicht ein so schlechtes Gewissen beim Schlemmen haben müssen.
B	Ja, damit ich nicht so ein erbarmungsloser Zeuge bin, der die Flaschen zählt.
A	Sondern ein Mittäter, der auch immer betrunkener wird.
B	So ein Spielverderber will ich nicht sein, also trinke ich mit und esse auch - aber nur, wenn ich eingeladen werde.
A	Aber Bea, erhältst du echt so viele Einladungen?
B	Ach Annie, das ist es ja gerade. Ich habe einen sehr strengen Diätplan aufgestellt. Aber bei Einladungen - da darf ich essen.
A	Und deshalb vermeidest du Einladungen nach Möglichkeit, damit du deinem Plan folgen kannst?
B	Glaubst du das wirklich? Vergiss nicht, ich habe Hunger!
A	Ja, dann!
B	Dann versuche ich den ganzen Tag, Leute zu animieren, mich zum Essen einzuladen. Zum Mittagessen, zum Abendessen, kleiner Kaffee zwischendurch, mit Plätzchen natürlich. Geburtstage, egal wer. Ich bin dabei! Ich muss überleben.
A	Ach, das sind ja ganz neue Seiten an dir. Dein Bauch übernimmt die Regie in deinem Leben?
B	Kannst du so sagen. Ich irre hungrig durch meinen Tag und giere nach Gelegenheit zu essen. Wie ein Hungerkind. Furchtbar.
A	Und das auch noch freiwillig.
B	Deswegen wirst du auch von niemandem bemitleidet.
A	Ja, ist eine Form von Selbstverletzung.

B	Ja, grenzt an Masochismus.
A	Da sind die Leute immer ratlos. Stattdessen schauen sie kritisch dorthin, wo deine Pfunde sichtbar sein könnten.
B	Kontrollblick. Wenn es doch ein Laserblick wäre! Wäre ich die Pfunde los.
A	Oh ja.
B	Oder, was fast unerträglich ist, sie schauen an sich selber runter und denken: lange keine Diät mehr gemacht.
	Und versuchen dich zu überzeugen, dass du eigentlich auch keine Diät nötig hast.
A	Damit sie selber keine machen müssen. Die Leute kennen ich auch! Scheinheilig sind die.
B	Wenn du so ein paar Wochen Diät gemacht hast, ich bin jetzt in der dritten Woche, dann verstehst du, wie Hunger den Menschen verändert.
A	Du siehst also nur noch Essbares...
B	Ich suche wie ein kleiner Dieb nach Essen. Meine Vorräte sind ja beseitigt, erste Regel der Diät.
A	Aber die deiner Mitarbeiter…..
B	Genau, ich weiß exakt, wo jeder welche Mengen an Snickers und Pralinen verborgen hat.
A	Gehst du da etwa dran?
B	Bis jetzt nur im Geiste. Aber wehe, ich würde länger arbeiten, wenn alle schon weg sind.....
A	Das musst du unbedingt vermeiden.
B	Ja, es wäre zu peinlich. Also halte ich mich zurück und esse zu Mittag einen Salat.
	Dann kommen doch meine Mitarbeiter mit ihren Burgers und den asiatischen Bowls und ziehen mit der Gewürzwolke an mir vorbei.
A	Du würdest sie am liebsten rauswerfen.

B	Nein, ich möchte ihnen lieber das Essen wegnehmen, das so teuflisch gut riecht, dass meine Verdauungssäfte sich schon darauf freuen.
A	Vielleicht erst aus dem Fenster werfen, weil sie so rücksichtslos sind, und dann das noch dampfende Essen mampfen?
B	Ja. sie benehmen sich, als ob Essen das Natürlichste von der Welt wäre.
	Ist es nicht, es ist obszön und sollte nur im Verborgenen stattfinden.
	Es gibt auch Leute, die hungern. Warum nimmt niemand Rücksicht auf sie!
A	Eigentlich ist das wie beim Sex. Das ist auch etwas Privates, dessen Anblick man niemandem aufdrängt.
B	Genau, es sollte eine Frage des Anstands ein, niemand mit dem Vorgang der Essensaufnahme zu belästigen.
	Es kann schließlich zu Traumata und Schlimmerem führen.
A	Diebstahl und Mord zum Beispiel.
B	Das hat in meinem Kopf schon alles stattgefunden. Essen ist eine ernste Sache.
A	Dein Körper hat seinen Überlebensmechanismus eingeschaltet. Der versteht das Konzept der Diät nicht wirklich.
B	Er ist ja ein ziemlich archaisches Modell.
A	Er kämpft gegen dein Verhungern, gegen dein Verenden. Mit allen Mitteln.
B	Das merke ich. Ich kann mich kaum noch auf meine Arbeit konzentrieren.
A	Dein Körper sammelt wie ein irrer Krieger Kalorien, um zu überleben.
B	Und wehe, du nimmst sie ihm weg, dann sucht er sie überall. Wie ein Trüffelhund.

A	Dann kämpfst du gegen deinen Körper und seinen Hunger.
B	Wenn es gut läuft, so morgens etwa, ja, da kämpfe ich und siege über ihn.
A	Aber so gegen Abend….
B	Genau, so gegen Abend bin ich müde und er übernimmt das Steuer. Und steuert mich direkt in Richtung Kühlschrank. Der ist danach dann auch leer.
A	Du nimmst also nicht ab?
B	Nein, ich nehme während meiner Diät ständig zu!
A	Oh nein, du Arme, dann hör doch lieber auf…
B	Nein, das wäre doch die totale Niederlage…nee, das will ich nicht.
A	Aber das geht doch wirklich nicht!
B	Er oder ich. Also gewinnt zur Zeit er. Das sagt auch die Waage. Und je länger die Diät geht, desto mehr verwandele ich mich in eine hungrige Bestie, die immer dicker wird.
A	Vergisst du nie die Diät?
B	Wenn ich eingeschlafen bin, geht es. Oder wenn ich gerade gegessen habe, natürlich.
A	Und sonst?
B	Wenn etwas spannend genug ist. Aber nach 16.00 hilft gar nichts mehr.
A	Dann träumst du nur noch von Essen.
B	Dann schaue ich mir Kochsendungen an, wenn ich nicht zum Essen eingeladen werde.
A	Und ist das gut?
B	Ja, doch, einem Krimi oder einer Doku kann ich in dem Zustand nicht folgen. Sobald einer anfängt zu essen, läuft mir das Wasser im Munde zusammen und ich bekomme Halluzinationen. Und ich will nur noch

wissen, was er da genau verzehrt, mir ins Gesicht. Der Mord interessiert mich dann nicht mehr.

A Ziemlich verengte Perspektive.

B So ist es, ich sehe nur noch Essbares und Esser, die ich berauben möchte. Das ist meine Welt sei drei Wochen.

A Du musst aufhören mit dieser Diät.

B Ich hasse mich, wenn ich Diät mache. So eine reduzierte Existenz…will ich nicht.

A Und wenn es nicht mal was bringt...

B Nur mein Willen, der will sich nicht ergeben.

A Du, nimm lieber eine andere Diät, du bist ja kein Mensch mehr, nur noch ein kleines, hungriges Nagetier auf Nahrungssuche.

B Das stimmt. Kennst du so Menschen, die immer nur aufs Essen aus sind? Die sich die Städte nur danach merken, was sie dort gegessen haben? In Rom dieses Saltimbocca und in Paris dieses Entrecote, du weißt schon. Sonst erleben sie in einer Stadt eigentlich nichts.

A Ja, ich kenne solche Leute. Es sind auch Feinschmecker darunter.

B Die mag ich ja überhaupt nicht.

A Nein?

B Das Essen sollte einfach nicht einen so großen Platz im Leben einnehmen.

A Das sagst ausgerechnet du? Essen ist schon ein großes Vergnügen.

B Ja, ja, aber wir leben doch nicht, um zu essen.

A Ach nein, du meinst, es ist umgekehrt? Wir essen, um zu leben?

B Das Leben besteht nicht aus Essen, das Essen muss untergeordnet bleiben.

A Untergeordnet.

B	Ja, untergeordnet, wenn es untergeordnet wäre in meinem Leben, würde ich auch nicht so zunehmen.
A	Ist es aber nicht!
B	Nein, leider. Deswegen muss ich ständig gegen meinen übergroßen Hunger ankämpfen.
A	Der Lebenshunger.
B	Wahrscheinlich ist es Lebenshunger.
A	Die Erkenntnis hilft aber auch nicht weiter!
B	Nein, tut sie nicht. Das wusste ich schon vorher. Aber der Hunger nach Essbarem ist der Hunger, der sich am einfachsten und am schnellsten und am schönsten stillen lässt.
A	Das Hunger nach Leben ist fast unstillbar.
B	Also ein Ersatz…
A	Was wäre also die Lösung?
B	Man müsste so leben, dass das Essen nicht mehr so wichtig ist. Eine Nebensache, eine schöne Nebensache. Neben dem wahren Leben.
A	Das wäre wohl gut. Das ist dann eher mental, eine Änderung der Perspektive.
B	Ja, hast du so eine Perspektive? Denn du hast ja keine Probleme mit Gewichtszunahme.
A	Nein, habe ich nicht. Ich esse, wenn ich Hunger habe, aber ich kann es auch vergessen. Mein Hunger quält mich nicht. Der wartet, bis ich Zeit habe. Spätestens am Abend.
B	Wie schön für dich, dann ist dein Hunger ein fügsames Hündchen. Meiner ist ein Löwe, der mich immer an der Kehle hat und von einem Essplatz zum nächsten schleift. Ich muss immer tun, was er will.
A	Dann musst du dich ja ganz schön zusammenreißen?
B	Ja klar, das darf niemand merken. Deswegen esse ich immer vor den Einladungen.
A	Wie bitte?

B	Sonst kann ich keinen Small Talk machen. Beim Essen bin ich dann auch ganz geduldig und unterhalte mich gelassen nach rechts und nach links…weil ich schon satt bin.
A	Dein Leben beginnt, wenn du satt bist.
B	So kannst du das sagen. Wenn mich mein Hunger endlich nicht mehr quält, dann fühle ich mich wie ein Mensch. Dann sehe ich endlich nicht nur Essbares vor meinen Augen, sondern nehme auch Menschen wieder wahr.
A	Dann bist du im Moment kein Mensch.
B	Nein, mein Hunger regiert zur Zeit. Ich bin eigentlich gar nicht da.
A	Es sollte Restaurants für Diäten geben.
B	Gute Idee. Mit genauer Kalorienanzahl auf der Speisekarte, Weightwatcher Punkte, kleinen Portionen und winzigen Nachtischen. Daumengroß genügt.
A	Vielleicht wird man dort das bezahlen, was man NICHT isst.
B	Das wäre gar nicht so verrückt, oder?
A	Ja, stell dir doch mal vor. Du gehst ins Restaurant und isst kein Schnitzel, darfst es aber trotzdem bezahlen.
B	Aber du darfst dort sitzen und dich unterhalten. Mit einem Null-Kalorien Cocktail.
A	Ohne Verzehrzwang. Der hat mich schon immer gestört. Warum muss ich etwas essen, nur weil ich jemanden im Restaurant treffe?
B	Weil der andere essen will....
A	Und du bekommst ein blaues Armband, wenn du auf Diät bist, dann wird dir nichts angeboten.
B	Ja, endlich werden wir gewürdigt, wie Diätpilger.
A	Lass uns den Hungerlöwen besiegen! Damit du wieder in Ruhe leben kannst.

B	Wie macht man das? Ich weiß es nicht.
A	Dann bleib doch einfach bei deinem Gewicht! Dann bist du wieder ein Mensch.
	Vielleicht bist du ja eigentlich einfach ein dicker Mensch.
B	Tja, will ich aber nicht, er aber anscheinend schon.
A	Ihr müsst euch einigen. So ein Krieg zerstört dich.
B	Wem sagst du das? Ich hasse Konflikte, vor allem, wenn sie in mir stattfinden.
A	Nicht dass dein Körper isst, ohne dass du es merkst.
B	Schlafwandeln wäre auch eine Lösung.
A	Zum Kühlschrank.
B	Oder zum Telefon. Lieferando....
	Ich muss ihn nachts unter Beobachtung stellen.

AKTAION

Diana, Göttin der Jagd, Jungfrau von Beruf, badet mit ihren Nymphen in einem See im Wald. Aktaion, ein junger Mann auf der Jagd, entfernt sich von seinen Jagdgefährten, verirrt sich an den See und sieht sie – in ihrer vollen, nackten Schönheit. Er erstarrt, sie als Jungfrau auch, aber nicht lange. Der Strahl ihres jähzornigen Blickes trifft den Frevler und verwandelt ihn mit einem Wimpernschlag in einen Hirsch. Endlich kommen auch seine Gefährten an den See, erblicken den schönen Hirsch, die lang gesuchte Jagdbeute, und hetzen ihn mit den Hunden zu Tode.

Soweit der Mythos. Wie sähe das heute aus?

Diana ist eine berühmte Schauspielerin mit einem prächtigen Körper, der seine schönste Blüte bereits seit einiger Zeit hinter sich hatte. Aber sie darf immer noch die Verführerin spielen, die jugendliche Geliebte, denn so ist sie berühmt geworden. Was ihr zur jugendlichen Geliebten bereits fehlt, geben ihr Maske und Beleuchtung zurück, der Alterungsprozess ist auf der Leinwand eingefroren worden. Es verlieben sich immer noch Jünglinge in sie, die ihre Söhne sein könnten, aber Söhne hat sie keine, denn sie gehört zum Club der Asex. Nach ihrem letzten Dreh in Hollywood fliegt sie zur Erholung an einen schönen Strand in Mexiko, um sich zu erholen. Sucht euch einen aus.

Ihre Crew hat den Strand für sie abgesichert, so liegt sie allein auf dem weißen Sand wie eine Flunder, in ihrer vollen Schönheit, denn wenn gebräunt, dann bitte überall. Ihr Haar fließt über den Sand, im Bauchnabel, neben dem Piercing, sammeln sich die kleinen Körner, Der Wind streicht rau über ihre Wangen, und sie denkt sich unter ihren geschlossenen Augen: warum nicht das ganze Leben so verbringen in einer sonnigen Ewigkeit?

Aber ungestört bleibt sie nicht lange, denn ein armer Hotelangestellter namens Aktaion, ein junger Kellner, 16 Jahre jung, ein eingewanderter Grieche, der auch vom glamorösen Leben träumt, das auf ihn wartet, irgendwo hinter einer Ecke, will dem endlich etwas näherkommen und denkt sich, dass ein Foto von der berühmten Schönen doch sicher ein schönes Sümmchen einbringen würde.

Er stellt es sehr geschickt an und pirscht mit seiner Handykamera vom Wasser her auf sie zu. Lange sucht er den besten Winkel auf den in der Hitze zerfließenden Körper, der da mit gespreizten Beinen ausgebreitet wie ein Teig auf dem Sand liegt, völlig entseelt, so scheint es. Endlich hat er den besten Winkel gefunden, also doch einfach frontal, und er hielt die Kamera auf sie zu, um diese schlüpfrige Perspektive der spröden Schönen festzuhalten. Das wird Geld bringen!

Während er abdrückt, öffnen sich die Augen in diesem Körper und stellen sich scharf, der Kopf schießt hoch, und er fühlt sich im Visier eines Blickes, so gnadenlos wie eine Pistolenmündung. Natürlich hat er Angst, aber sie liegt da, er steht im Wasser, er wäre auf jeden Fall schneller als sie.

Sie sucht ihre Stimme und krächzt: Du löschst sofort das Foto. Als er aus Unentschlossenheit nicht antwortet, schreit sie hinterher: Oder ich werde dich vernichten. In dem Moment sieht sie wirklich zum Fürchten aus. Das Weiße der herausquellenden Augen in dem roten Gesicht wird sichtbar, die Zorneswellen kann er bis zu seiner Stellung im Wasser spüren, sie kommen durch die Luft. Unwillkürlich zieht er sich weiter ins Wasser zurück.

„Ich kenne dich und ich komme hinter dir her!", ruft sie noch und lässt sich wieder fallen. Das beeindruckt Aktaion mehr als alles andere, was vorher geschehen ist. Sie lässt sich fallen, weil sie genau weiß, dass sie mit einem Gedanken, mit einer Handbewegung, der Hebung der Augenbraue seinen Plan, weiterzuleben und reich zu werden, durchkreuzen kann. Aber es muss nicht gleich sein, so wichtig ist er einfach nicht.

Seine Kniee zittern vor Furcht. So handeln Götter. Mit ihren Anwälten, da brauchen sie nicht mal göttliche Kräfte, Geld hat die gleiche Macht. Aus dem Augenwinkel sieht er, dass jemand aus ihrer Crew auf sie zu gerannt kommt. Hat die Person den Vorgang beobachtet? Hat sie die Person gerufen mit ihrem Headset? Er hat nichts bemerkt. Aber das hat nichts zu sagen, denn er hatte Angst und hat sich auf ihr Gesicht, auf die Augen konzentriert, mit denen sie ihn wie eine Schlange fixiert hat. So fixiert, dass er seinen Blick nicht losreißen konnte.

Schotternd kommt er im Hotel an, gleich würde sein Dienst beginnen. Aber wohin mit der Handy-Kamera? Er beschließt, sie in einer Tüte zu vergraben, solange noch niemand nach ihr sucht. Er schaltet sie aus und vergräbt die Handy-Kamera mit dem kostbaren Foto, aber kurz davor schickt er es noch in seine Freundesgruppe. Später würde er sich überlegen, wem er es anbieten will. In solchen Dingen hat er noch keine Erfahrung.

Als er seine Uniform angezogen hat und pünktlich zum Appell in der Halle steht, bemerkt er Unruhe an der Rezeption, Sein Vorgesetzter, der Manager, der Rezeptionist besprechen sich. Kaum steht er in Reihe und Glied mit den anderen, schwenken ihre Blicke wie Autoscheinwerfer herum und leuchten auf ihn. Ihm wird heiß und kalt unter ihrer Aufmerksamkeit. Sie kommen auf ihn zu. Weglaufen hat jetzt auch keinen Sinn mehr, außerdem ist er neugierig.

„Was haben Sie am Strand zu suchen!" bellt ihn sein Vorgesetzter an. „Ich war spazieren." Versucht er es mal sanft. „Am Strand, der für die VIPS reserviert ist?" Brüsk wendet sein Chef sich ab. „Kommen Sie mit, wir haben etwas zu besprechen", fügt der Manager hinzu und packt ihn am Arm. So gehen sie alle vier in einen Hinterraum, neben dem Büro des Managers, der das Verhör, so kann man es schon nennen, überwacht.

„Du warst also am Strand." „Ja" „Ist verboten, das weiß du?" „Der Strand ist für alle da." „Ja, ja, lassen wir das. Die Frage ist, was hast du dort getrieben?" „Ich war spazieren." Er will sein Foto retten. „Spazieren?" Fragt sein Vorgesetzter maliziös. „Hast du jemanden getroffen, zufällig?" „Nein." „Sag bloß, du hast die berühmte Diana nicht gesehen, die Einzige, die sich dort gesonnt hat." „Ja doch, so aus der Ferne." „Aus der Ferne? Das würde ich dir wünschen, mein Junge. Weißt du, was wir gehört haben?" „Nein, sagen Sie es mir." „Dass du sie belästigt hast!" „Belästigt, ich? Die ist doch viel zu alt für mich." „Das wissen wir auch. Aber ihr Wort steht gegen deins. Was glaubst du, wem sie glauben werden?"

„Die Polizei ist übrigens bald da", setzte der Manager dazu. Polizei? Ihm wurde schwach im Magen. Diese Frau war berühmt und mächtig, jeder würde ihr glauben. Jeder. Wenn sogar seine Vorgesetzten das taten. Aber sie können nicht anders, sie müssen das Hotel schützen. Und wenn er der sein soll, der Hotelgäste belästigt, dann weiß er, dass er seinen Job schon los ist. Selbst wenn er beweisen kann, dass es nicht so gewesen ist.

Er fühlt sich elend, klein und hilflos vor einer so hohen, unüberwindbaren, glatten Wand an Macht.

„Du wirst noch sehr bereuen, dass du am Strand warst", sagt sein Vorgesetzter verständnisvoll. „Nach der Polizei kommen die Reporter, die wollen wissen, wie sie so war, unsere Vestalin." „Vestalin? Du weißt, dass sie geschworen hat, jungfräulich zu bleiben? Die gehört einem Club an, Asex heißen die. Und wenn du es geschafft hättest, sie zu vögeln, wäre ihr Image kaputt und das Ganze eine riesige Kampagne wert. Du verstehst, das ist nicht nur Me-too, das ist only me."

Er greift nach einem Stuhl. Auf die väterlichen Worte seiner Vorgesetzten hin, will er sich vor so viel väterlicher Autorität beugen und erzählt ihm die ganz Geschichte. Die Männer schmunzelten, zu lachen hätten sie nie gewagt. „Du armer Kerl.

Die ganze Sache ist schon in der Presse, die Kampagne ist nicht mehr aufzuhalten. Wo ist das Foto?" „Ich habe es schon gepostet." „O je, das wird als Beweis gewertet werden. Kurze Frage, Kleiner: wie sieht sie auf dem Foto aus?" „Hm, anders als in den social medias, wie ein normaler Hotelgast eben. Dick und rot." „Wenn du deinen Kopf retten willst, bete, dass deine Freunde es noch nicht gepostet haben. Vielleicht kannst du ihr einen Deal anbieten. Foto gegen Absage der Me-too Kampagne." „Ich übernehme das", sagt plötzlich der Manager, der das höchste Gehalt bekommt, und vor allem den Skandal begrenzen will. „Schnell, bevor die Polizei kommt, hol das Foto." Sein Vorgesetzter klopft ihm noch einmal auf die Schulter.

Aktaion gräbt schnell die Tüte mit dem Handy aus, aber seine Freunde haben das Foto schon gepostet mit frechen Kommentaren. „So sieht sie wirklich aus, diese asexuelle Vestalin. Ganz schön sexy, was?"

„Ich kann es trotzdem versuchen", meinte der Manager. „Du bemüh dich, dass deine Freunde die Posts löschen. Ist zwar sinnlos, aber versuch es wenigstens."

Es war tatsächlich sinnlos. Das Foto von der dicken, roten Diana, ganz nackt, mit den gespreizten Beinen war schon überall, mit den fettesten Kommentaren versehen, online.

Bald kam der Manager zurück und sagt: „Nichts zu machen, sie bleibt dabei, sie will dich anzeigen. Dann Gnade dir Gott, mein Sohn, sie hat die teuren Anwälte, nicht du."

„Aber ich bin nicht mal in ihre Nähe gekommen."

„Du verstehst nicht, das ist egal. Sie wird dich fertig machen und das Foto als Beweisstück benutzen."

„Wir können nichts mehr für dich tun, mein Sohn. Du kannst höchstens versuchen, nach Griechenland zurückzukehren, solange die Polizei die Grenzen noch nicht für dich geschlossen hat." Der Manager schiebt ihn zur Tür.

Aktaion schluckte. Alles, was er sein Leben nannte, seien Freunde, ihre Familien, sein Zimmer, sein Wasserboard, sein Mofa, alles würde er zurücklassen müssen.

Sein Vorgesetzter klopft ihm freundlich auf die Schulter: „Beeil dich, mein Sohn, die Polizei ist gleich hier. Sie werden dich direkt festnehmen. Wir leben hier in einem Ort, der vom Tourismus abhängig ist, vor allem von den Amerikanern. Das weiß auch die Polizei." Er steckt ihm noch ein paar Scheine in die Brusttasche. „Pech gehabt!", fügt er noch hinzu.

Aktaion zieht nicht einmal seine Uniform aus, verlässt so schnell er kann das Büro des Managers und er schnappt sich seine Sachen aus dem Spind. Innerhalb von 10 Minuten ist sein Leben zerstört worden, das er sich als griechischer Immigrant so mühsam hat aufbauen müssen. Er fährt mit dem Mofa viel zu schnell in seine Unterkunft, schließt es ein letztes Mal liebevoll ab, packt die wichtigsten Dokumente in eine Sporttasche, und ist aus der Tür.

Der Bus bringt ihn bis zur nächsten größeren Stadt. Als er ein Flugticket lösen will, hat die Karte ein Problem. Er nimmt einen Bus ins nächste Bundesland, denn die Polizei endet immer an der Grenze. Er bezahlt vorsichtshalber bar, damit das System nicht wieder auf ihn aufmerksam wird.

Das Bus nimmt ihn mit und als er die Bundesgrenze passiert, atmet er auf. Am nächsten Flughafen will er nicht mit der Karte bezahlen, also braucht er Bargeld. Da bemerkt er, dass sein Konto auch hier gesperrt ist. Er hat nun kein Geld mehr zur Verfügung.

Griechenland liegt plötzlich eine Galaxie entfernt, auf einem anderen Stern, das Haus seiner Eltern, der Hof seiner Großeltern auf der Hochebene, wo er hätte unterkommen können und bei der Oliven-Ernst helfen. Alles, was ihm übrig bleibt, ist hier in dieser fremden Stadt in der Illegalität zu leben, wie viele andere Immigranten auch, und Geld für den Flug zu sammeln. Dabei hat er Aufenthaltspapiere, auf die er vorher sehr stolz war, aber die zeigt er lieber nicht. Er ist nicht sehr geschickt darin, den Razzien der Polizei auszuweichen, diese Übung erwirbt er auch nicht mehr schnell genug. Kurz, nach ein paar Tagen greift ihn die Polizei auf, sehr verwahrlost vom Schlafen auf der Straße, und schickt ihn zurück an den Touristenort in dem anderen Bundesland, wo die Anwälte schon auf ihn warten, um ihn gemäß ihrer Order zu zerfleischen.

Diana ist längst abgereist, zu ihrem neuen Drehort in Griechenland, ohne zu wissen, dass ihr Name dort in einer berühmten Geschichte seinen Glanz bekommen hat, weil sie davon erzählt, wie jemand aus Grauen stirbt, aus Grauen vor der göttlichen Übermacht.

ZU VIEL

B   Ach, Annie, hallo. Wie geht es dir?

A   Ach, ich weiß nicht. Es ist irgendwie alles zu viel.

B   Stress bei der Arbeit?

A   Immer, aber das ist es nicht. Kennst du das nicht? Du läufst wie ein Waldläufer den ganzen Tag durch das von dir gestrickte Programm, ganz stolz, kommst im Abend dann atemlos an. Und kannst doch nicht zufrieden sein, obwohl du dir selbst dieses Programm aufgestellt hast.

B   Ja, ich kenne das. Die Annie von der vorigen Woche hat der Annie von heute ein dichtes Gestrüpp an Terminen und Besorgungen in den Kalender geschrieben. Dieses faule Stück.

A   Ja, genau, das hätte die auch letzte Wochen schon erledigen können. Stattdessen...

B   Hat sie alles der Annie von heute in den Tag gepresst.

A   Und da fragst du dich, ob du das alles freiwillig tust!

B   Tust du freiwillig, was die Annie von vor einer Woche dir eingebrockt hat? Identifizierst du dich mit ihr?

A   Bleibt mir ja nichts anderes übrig, oder?

B   Jeder andere würde sagen, nein. Ich würde sagen, das ist nicht so einfach.

A   Warum hat denn die Annie von letzter Woche die Sachen nicht selber gemacht?
Die Wäsche von der Reinigung, die Post abgeholt, den Besuch im Krankenhaus.

B   Warum? Hat sie sich faul ins Café gesetzt oder ist sie schwimmen gegangen?

A   Hm, lass mal nachsehen. Nein, eigentlich nicht. Sie hat brav ihre Arbeit gemacht. Keine Pausen.

B   Also hatte sie einfach keine Zeit, um die Punkte zu erledigen.

A	Das kann man einfach sagen. Ich hatte heute einen genauso vollen Tag und musste das alles noch obendrein in meine Agenda hineinquetschen.
B	Also hat die Annie vor einer Woche einen Fehler gemacht?
A	Eindeutig. Sie sollte sich bei mir entschuldigen und bedanken.
B	Konnte sie das wissen?
A	Sie war etwas leichtsinnig. Sie hätte nicht damit rechnen dürfen, dass ich heute die Zeit hätte für diese Dinge. Hatte ich auch nicht.
B	Verzeihst du ihr?
A	Noch nicht. Ich bin zu erschöpft. Ich bin so ärgerlich mit ihr.
B	Warum pfropfst du dir auch deinen Kalender so voll? Reicht doch, dass du Vollzeit arbeitest und noch den Haushalt schmeißt.
A	Mein Reden. Aber wer möchte denn auf die angenehmen Verabredungen verzichten? Hätte ich etwas auf unser wöchentliches Treffen hier verzichten sollen, nur weil ich heute in der Reinigung und im Krankenhaus war?
B	Das würde sich absurd anhören, wirklich. Außerdem wäre ich dann sauer.
A	Verstehst du? Langsam kommen wir dem Kern des Problems näher.
	Stell dir mal vor, ein Taxifahrer. Er muss Geld verdienen, also fährt er acht Stunden seine Gäste. Das ist sein Job, das bringt Geld. Außerdem macht er Besorgungen für seine Frau und seine Mutter und holt die Kinder von der Schule ab. Das sind noch einmal 2 Stunden. Außerdem spielt er furchtbar gerne mit seinen Kumpels Karten und singt im Männerchor. Noch einmal zwei Stunden täglich. Wann ist der arme Kerl zu

	Hause? Wann soll er essen? Wann mit seiner Frau sprechen?
B	Seien Frau würde sagen, er soll nicht so viel mit seinen Kumpeln abhängen.
A	Klar wird sie das sagen. Ohne darüber nachzudenken, dass ihr lieber Mann schon eine ganze Menge für sie tut.
B	Und seine Kumpels soll der Mann nicht aufgeben, denn das ist seine Welt.
A	Genau, aber die Frau würde nie auf die Idee kommen, ihn zu bitten, die Besorgungen für sie zu lassen, damit er Zeit für seine Kumpels hat.
B	Also muss der Mann ihr klar machen, dass, wenn er schon für sie Besorgungen macht, sie ihm dann auch Zeit mit seinen Kumpels gönnen soll.
A	Das wird er nie schaffen.
B	Nein, und sie wird nie auf die Idee kommen.
A	Jetzt siehst du mein Problem. Alte Gewohnheiten.
B	Du fährst doch kein Taxi.
A	Nein, aber da ist meine Arbeit, da sind die Besorgungen, und da ist mein Vergnügen.
	Wenn ich jemandem sage, es sei mir alles zu viel, bekomme ich zur Antwort nicht: „Ach Schatz, dann nehme ich dir doch etwas ab, damit du auf dein Vergnügen nicht verzichten musst. Wir wollen doch keinen Herzinfarkt provozieren."
	Sondern dann bekomme ich zu hören: „Dann lass doch deine Vergnügungen, ist sowieso viel zu viel für dich."
B	Typisch für jemanden mit vielen Jobs.
A	Genau, für Männer eine unbekannte Gattung.
B	Also gibt es keinen Ausweg für dich?
A	Nein, ich bin in meinem eigenen Netz gefangen.
B	Glaub ich nicht, dein Georg ist doch ein Schatz.
A	Wenn er will....

A	Und dann kommt ja noch etwas hinzu. Ich habe in letzter Zeit lange über Stress nachgedacht.
B	Und, ist was dabei herausgekommen?
A	Ja, doch. Stress bedeutet, dass du alle anderen Tätigkeiten einem Ziel unterordnest. Du tust alles an einem Tag nur, um pünktlich ein bestimmtes Ziel zu erreichen.
B	Ja, du putzt die Zähne schnell, packst in Kurzzeit deine Tasche, schaust nicht mehr auf die SMS, keine Zeit. Du überlegst die ganze Zeit, wo du noch Zeit sparen kannst. Denn knapp in der Zeit zu sein ist ein scheußliches Gefühl.
A	Ja, genau. Kochen unter Stress ist was für Maschinen.
B	Klar, du machst alles möglichst effizient, keine überflüssigen Bewegungen, kein Schritt, kein Handgriff, der nicht der Fertigstellung der Mahlzeit dient.
A	Genau, kein Probieren, stöbern, sich drehen, Radio umstellen – dafür ist keine Zeit.
B	Ja, ich weiß, so ist das Kochen am Werktag, weil die Uhr regiert.
A	Und wie anders ist es dagegen am Wochenende. Du schaust in eine Landschaft von vielen, langen, sonnigen Stunden, die sich vor dir räkeln. Du trinkst erst einmal etwas, dann schaust du in die Kochbücher oder noch mal in den Chefkoch im Internet. Du riechst an den Zutaten, jonglierst mit ihnen, pfeifst dir eins. Wechselst das Radioprogramm. Gehst erst noch einmal einer anderen Idee nach, die dich erst 20 Minuten später wieder in die Küche führt. Dann schaust du aus dem Fenster und schüttest doch noch einmal das Futter im Vogelhäuschen auf.
B	Du brauchst doppelt so lange wie an einem Wochentag.

A	Aber es hat dir Freude gemacht, die Tomaten nicht auf kürzestem Weg zu schneiden, wie immer, sondern mal ganz anders, schräg zum Beispiel. Und so dünn wie noch nie.
B	Das würde dir von Montag bis Freitag nie einfallen.
A	Nein, da bist du eine Maschine.
B	Ja, eine Maschine
A	Eine unglückliche Maschine.
B	Warum? Wenn du doch so effektiv bist?
A	Jeder Mensch, der sich wie eine Maschine benehmen muss, wird unglücklich.
B	Und das sagst du mir, einer Versicherungsmathematikerin?
A	Ist das ein Problem? Du erzählst mir doch immer wieder, dass ihr daran verzweifelt, dass sich die Menschen nicht rational benehmen und die Statistiken durchkreuzen? Immer wieder ändern die ihr Verhalten.
B	Total irrational und sowas müssen wir dann berechnen.
A	Zurück zu meiner Tomate am Sonntag. Tomaten schneiden am Sonntag macht glücklich, lässt dich dein Ich spüren, das sich für die neue Schnittmethode entschieden hat, nämlich quer, und ist erholsam.
B	Tomaten schneiden am Montag....
A	....macht unglücklich, weil es im Akkord geschieht, schneller, genauer, besser, du spürst nicht dich, sondern nur das Optimierungsprinzip, welches unpersönlich oder überpersönlich ist, rein rational. Dem kannst du auch nur entsprechen, wenn du all deinen kleinen Gefühlen, die sich öffnen wollen wie die Gänseblümchen, die Köpfchen nach unten drückst und ihnen sagst, sie sollen bloß still sein, damit du schnell die Tomaten schneiden kannst. Das ist Stress.
B	Und der Unterschied ist vielleicht eine Minute.

A	Höchstens. Totaler Irrsinn. So habe ich meinen Tag verbracht. Unter dem Optimierungsprinzip: effektiv, schnell, jederzeit wiederholbar, da rational.
B	Hört sich toll an. Wenn dir ein Manager zuhören könnte, er würde in die Hände klatschen. So soll gearbeitet werden!
A	Ist aber nicht toll. Nicht für die Person, die es durchführen muss, die kommt dabei zu kurz. Die lebt dabei nicht. Verstehst du das?
B	Ja und nein.
A	Wenn ich jetzt zu Hause wäre und einfach nur meinen Tag hinter mich werfen würde wie meine Schuhe, dann wäre das wieder so ein verlorener Tag, an dem ich funktioniert habe, aber nicht gelebt.
B	So schlimm!
A	Oh ja, da aber wir heute Abend uns treffen, und wir die Sache analysieren können, schimpfen und endlich nachdenken über das, was man tut, ist der Tag gerettet Jetzt überdenke ich ihn, verstehe, was passiert ist, und kann ihn als meinen Tag betrachten, trotz der schlechten Laune.
B	Puh! Also geht es in erster Linie um den Zeitfaktor.
A	Ja, aber der Zeitfaktor wird bestimmt durch die Dichte der Agenda.
B	Dann sollte die Dichte gelichtet werden.
A	Damit sind wir wieder am Anfang unseres Gesprächs.
B	Wenn du das Gestrüpp lichten willst, musst du deine Lieblingsblumen zuerst hinaus werfen.
A	Du sagst es.....
B	Keine Chance also.
A	Vielleicht doch, ich werde einfach mal wieder krank. Dann verlangsamt sich alles ganz von alleine. Herrlich. Dann gibt es nur noch einen langen Sonntag!

SPIEGELIN, SPIEGLEIN AN DER WAND

A   Kennst du das: Spieglein, Spieglein an der Wand, wer ist die Schönste im ganzen Land?

B   Ja, klar, das ist böser Schwiegermutter bei Schneewittchen.

A   Sie hatte nur einen Spiegel, die Gute, dem hat sie vertraut.

B   Ja....

A   Aber ich habe zwei.

B   Zwei verschiedenen Spiegel?

A   Sie sind sehr ähnlich, aber sie hängen an verschiedenen Orten.

B   ...und?

A   Jeder Spiegel zeigt ein anderes Bild von mir.

B   Oh, das eine gefällt dir, das andere eher nicht.

A   Du hast es erfasst. Es ist schrecklich. Welchem soll ich trauen? Wer von den beiden zeigt mich, wie ich bin?

B   Sooo unterschiedlich?

A   Ja, da liegen 10 Jahre dazwischen.

B   Das kann doch nicht sein!

A   Doch, in dem oben im Badezimmer sehe ich fünf Jahre älter aus, in dem anderen in meinem Schlafzimmer fünf Jahre jünger.

B   Ja, das macht wirklich zehn Jahre. Oh Schreck.

A   Ich bin hin- und hergerissen. Älter oder jünger? Wie sehe ich aus? Wie soll ich mich altersgerecht kleiden? Verstehst du das?

B   Ich versuche mich hineinzudenken. Wie alt siehst du aus? Das bestimmt die Farben, die Schnitte, die Kombination.

A   Genau, da machen zehn Jahre einen gewaltigen Unterschied.

B	Und der Unterschied ist jeden Tag der gleiche?
A	Ja, so ungefähr. Natürlich weiß ich, dass es auf die Beleuchtung ankommt. Aber in welcher Beleuchtung sehen mich die Menschen gewöhnlich, in der oder in der anderen? Wenn ich das nur wüsste. Dann wüsste ich, wer ich für die anderen bin. Eine Frau von 50 oder eine von 60?
B	Bist du sicher, dass du das wissen willst?
A	Nicht einmal das weiß ich, so verunsichert bin ich.
B	Vor welchem Spiegel machst du dich bisher immer zurecht?
A	Rate mal.
B	Vor dem im Schlafzimmer.
A	Klar, das Badezimmer ist ja meistens besetzt.
B	Und mit dem bist du eigentlich zufrieden. Mit dem Bild, das er dir gibt.
A	Ja, da bin ich jünger als mein Alter. Wie soll ich da nicht zufrieden sein. Indirekte Beleuchtung, du weißt schon.
B	Aha, Badezimmer ist mit hartem Tageslicht von der Seite.
A	Ja, grell hell.
B	Bis in die letzte Pore.
A	Furchtbar! Da kann ich gleich aufhören, mich zu schminken. Das sieht ja nur lächerlich aus.
B	Die ungeschminkte Wahrheit.....
A	Wie in diesen grässlichen Umkleidekabinen. Immer so ein Schock.
B	In einem ersten, süßen Moment glaubt man immer noch, es sei jemand anders.
A	Jemand, der schlechter gealtert ist als man selbst.
B	Kleines Jubelgefühl...Frohlocken....
A	Nur zwei, drei Sekunden.
B	Dann der Absturz. Dieses gealterte Etwas bin ich.

A	Ich werfe dieses Spiegelbild an die Wand und sonst niemand.
B	Deine Spiegel zu Hause - Käme ein dritter Spiegel in Frage?
A	Ist schon etwas albern, oder? Und wenn mir das Ergebnis immer noch nicht gefällt, dann nehme ich noch einen vierten dazu?
B	Ich will ja bloß helfen. Aber eigentlich hast du die Lösung doch schon.
A	Ach ja?
B	Bleib beim ersten Spiegel. Das war von Anfang an deine Wahl.
A	Aber vielleicht lügt er.
B	Spiegel lügen nicht, vielleicht sagen sie nicht die ganze, ungeschminkte Wahrheit. Aber lügen tun sie nicht.
A	Du meinst, ich sehe auf jeden Fall ab und zu so aus, wie ich mir in dem Spiegel gefalle?
B	Ja, das können wir doch auf jeden Fall festhalten, oder?
A	Und diese anderen Bilder aus dem anderen Spiegel?
B	Badezimmer?
A	Ja!
B	Die gibt es auch. Ja.
A	Und? Wer bin ich nun von den beiden?
B	Ja, beide eben. Die einzige Frage, die sich ernsthaft stellt, wenn man eine stellen will, wäre: wie häufig bist du die eine oder die andere?
A	Ist das eine Frage, die mich interessieren sollte?
B	Genau das frage ich mich nämlich auch. Ich denke, nein.
A	Tja, wenn ich ab und zu oder sogar öfters viel jünger aussehe als ich Jahre zähle, warum soll es mich kümmern, wenn ich ab und zu, möglicherweise eher

	selten, aussehe wie jemand, der ich erst in 5 Jahren sein werde?
B	Sehr schön formuliert. Das wäre es. Definiere du, wer du bist.
A	Wie bitte? Wie soll das gehen?
B	Du bist doch die Werbefachfrau. Du weißt genau, dass dir die Leute alles abkaufen, wenn DU nur überzeugend genug bist.
A	Ja...
B	Verkauf ihnen die jüngere Version.
A	Täglich.
B	Dann werden sie denken, sie haben sich geirrt, wenn sie doch mal die ältere zu Gesicht bekommen.
	Dann sehe sie auf deine Kleider, deinen Gang, hören deine Stimme und sagen, ich habe mich getäuscht, sie ist noch jung. Bestich sie.
	Oder sie werden sagen, sie hat einen schlechten, Tag und werden nicht weiter darauf achten. Denn sie wissen ja, wer du bist, die Jüngere. Du musst nur dabei bleiben.
A	Dass du als Versicherungsmathematikerin mir als Werbefachfrau so etwas erklären musst, ist auch schon wieder lächerlich.
B	Na ja, wir Mathematiker können sehr gut mit Wahrscheinlichkeiten umgehen. Und wissen, wie sehr Erwartungen Wahrscheinlichkeiten beeinflussen.
B	Du kennst doch diese Untersuchungen, dass die Leute sich für viel schöner, netter und intelligenter halten als ihre Umgebung das tut.
A	Und das soll jetzt die passende Bemerkung sein, um mich aufzumuntern?
B	Nein, ich bin noch nicht fertig. Die andere Hälfte ist, dass die, die besonders krass daneben liegen, besonders erfolgreich sind, ihre Sicht durchzusetzen.

Dein Metier....

A   Definiere dich und setz die Definition durch. Persönliche Identity. Persoanl identity. Mach ich täglich.

B   Dann mach es doch mal für dich selbst.

SOMMERREIGEN:

SOMMERFERIEN

A   Wir waren in Italien mal wieder, Sizilien. Nachts an den erwärmten Mauern entlang schlendern, Menschen draußen vor den Bars sitzen auf den Plätzen unterm Mond, überall Blüten, die in der Nacht so stark duften wie Parfüm, herrlich!

B   Ich war in Schweden, auch sehr schön. Die Schweden wissen, dass man den Sommer heftig feiern muss. Für sie ist er so kurz, noch kürzer als für uns.

A   Ja, aber irgendwie macht mich das auch traurig.

B   Warum das denn?

A   Diese jungen Leute, alle am Flirten, so hübsch und unbeschwert.

B   Sie grünen, gedeihen und treiben die schönsten Knospen.

A   Ja, ja, sie sind jung.

B   Ja, wir blühen nicht mehr, wir wärmen nur unsere Knochen.

A   Im Sommer ist der Altersunterschied besonders krass.

B   Am Strand, im Bikini, am Abend beim Feiern, verstehe ich...aber in Italien in einer Stadt sind auch die alten und die mittelalten Leute auf der Straße.

A   Aber am schönsten ist es doch, die jungen Leute zu sehen. Sie feiern das Leben, das noch unsichtbar in der Nacht vor ihnen lauert.

B   Ach was, die sind alle noch im Paarungsmodus. Das ist doch langweilig.
Sei froh, dass du das hinter dir hast.

A   Bist du unromantisch! Gerade noch hast du gesagt, dass sie blühen und sprießen und wachsen.

B   Ja, ja, ihre Körper. Aber der Geist, der ist von Hormonen ganz benebelt.

A   Sie tanzen durchs Leben! Weil sie jung sind.

B	Das tun wir auch, aber nicht so laut.
A	Na ja, wir sind ja auch nicht mehr jung.
B	Und weil sie glauben, dass sie die wichtigste Generation auf der Straße sind, deswegen müssen sie so viel Lärm machen.
A	Sind sie ja auch.
B	Sind sie nicht. Vielleicht sind sie die Zukunft, aber wir sind immer noch die Gegenwart.
A	Aber wir blühen nicht mehr.
B	Dafür tragen und stemmen wir. Mit starken Stämmen und Ästen.
A	Gut, wir arbeiten und tragen die Familien.
B	Und dein junges Feiervolk ist noch am Planen. Deswegen sind sie ja auch so fröhlich, es ist noch nichts entschieden und alles ist möglich. Heiraten ich sie oder nicht. Ist er der Mann fürs Leben oder doch der andere. Werde ich Zahnarzt oder Ingenieur. Was für spannende Fragen.
A	Da wäre ich auch gerne wieder jung und würde in die Nacht hinein tanzen, neugierig, was meine Zukunft so bringt. Da kann man noch träumen.
B	Aber irgendwann sind diese Fragen entschieden und du musst meistens dem Weg folgen, den du eingeschlagen hast. Immer geradeaus.
A	Immer geradeaus. So langweilig. Dann liegen wir dann völlig ermattet in den Liegestühlen, statt auf große Party zu gehen, um Zukunftsmusik zu hören.
B	Genau, denn ein Arbeitsleben ist ganz schön anstrengend.
A	Wärme, schöne Dinge, etwas Genuss…. Damit wir wieder wissen, warum wir für diese Welt arbeiten.
B	Ich protestiere! Ich fahre doch nicht in den Urlaub, um meinen Lebenssinn zu finden.

A	Zum Wohlfühlen?
B	Nein! Urlaub ist nur Urlaub, das ist nicht das echte Leben.
A	Das ist eine Pause vom Alltag, es ist die Erlaubnis, die Arbeit eine Zeit ruhen zu lassen, heutzutage sogar bezahlt.
B	Im Urlaub sind wir doch alle Schauspieler, Aristokraten, wenn du so willst. Lassen uns bedienen, herumfahren, begleiten und geleiten. Wir leben über unserem Stand.
A	Ja, wie früher, Herr Graf und Frau Gräfin fahren nach Italien…wenigsten für 2 Wochen.
B	Aristokratie im 18 Jh.
A	So schön konnte das Leben sein, in der Tat.
B	Sich bedienen zu lassen ist ja ein Genuss, aber auch etwas pervers. Dann warte ich darauf, dass die, die uns bedienen, dann vielleicht irgendwann mal nach Deutschland kommen und sich von uns bedienen lassen.
A	Ziemlich unwahrscheinlich. Du weißt, wie viel eine italienische Serviererin verdient? Und dass du im Service arbeitest, ist mir auch neu.
B	War nur eine Theorie.
A	Ja, aber heutzutage sparen wir ja monatelang für diese zwei Wochen.
B	In denen wir dann in Italien Aristokraten spielen dürfen. Mehr als zwei Wochen könnten wir uns auch nicht leisten.
A	Die Zahlen auf unseren Bankkonten machen uns reich und wichtig.
B	Mm, für zwei Wochen.
A	Für zwei Wochen im Jahr Aristokrat spielen. Nur schöne Dinge tun. Denn alles, was Stress macht und keinen Spaß, das machen andere für dich.
B	Einkaufen, kochen, putzen, fahren und führen....
A	Damit wir uns erholen können, eigentlich absurd.

B	Das ist Urlaub von unserem Leben, eine lustige Idee.
A	Das ist dann eigentlich gar nicht unser Leben, sondern eine Pause.
B	Ja, das ist Annie im Urlaub in Italien als Frau Gräfin.
A	Jetzt vergessen wir aber ganz all die Leute, die Aktiv-Urlaub machen, mit Zelt, Rad oder wandern.
B	Das ist aber auch nicht viel anders. Sie tun so, als ob sie als Abenteurer die Welt noch einmal entdecken könnten. Alles frisch, alles neu, nur für sie.
A	Aber sie machen Sport und sind an der frischen Luft.
B	Ja, ja, auch so ein Alternativleben, danach kehren sie wieder ins Großraumbüro zurück, wo sie täglich 10 Stunden hinter Glas verbringen. Diese begeisterten Naturkinder.
A	Ist das schlecht?
B	Nein, aber es ist eben nicht echt. Es ist auch ein Spiel, genau wie die Ausbruchsversuche als Aristokraten.
A	Der Mensch braucht Abwechslung.
B	Das musstest du ja sagen. Aber man ist kein Aristokrat, weil man sich das zwei Wochen im Jahr leisten kann. Das ist wie Theaterspielen. Man probt mal ein anderes Ich. Ein anderes Leben, ein anderes Stück.
A	Die Naturmenschen brauchen aber nicht so viel.
B	Campingplätze sind inzwischen fast so teuer wie Hotels und die ganz Ausrüstung, die sie brauchen, um ihren Sport zu machen, dafür könntest du auch in italienischen Boutiquen einkaufen gehen.
A	Sag bloß, dir hat es in Schweden nicht gefallen?
B	Oh ja, sehr, sicher so wie dir Sizilien. Aber es ist unwirklich, es ist wie ein Märchen, ein Traum, ein Film.
A	Ja, jetzt sind wir zurück, jetzt hat uns unser normales Leben wieder.
B	In dem wir täglich nur ausgeben, was wir auch täglich verdienen.

Etwas weniger natürlich, denn wir müssen auf den nächsten Urlaub sparen.

A   Du meinst, nur hier sind wir, wer wir wirklich sind.

B   Du kennst Sizilien nur als Sommertraum. Eine Filmkulisse, in der du für viel Geld zwei Wochen mitspielen darfst.
Italien im Winter ist wie Deutschland im Herbst. Trübselig.

A   Ich habe plötzlich gemerkt, dass ich nicht mehr jung bin.

B   Dass du dich ausgerechnet in Italien ausgeschlossen fühlst, das ist seltsam.

A   Vielleicht weil wir zum ersten Mal ohne die Kinder Urlaub gemacht haben.

B   Das wird es sein.

A   Da fehlte die Verbindung zur Jugend.

B   Dann gehört man zu einer anderen Kaste.

A   Dann stehen wir in der Mitte der Gesellschaft angekommen und werden zum tragenden Stamm.

B   Keine Blüten mehr, die lustig im Wind tanzen.

A   Kein Düfte, die großzügig freigegeben werden.

B   Stattdessen ein knorriger Stamm, der alles dieses als das trägt, was zu ihm gehört.

A   Auch die Blüten, auch den Duft, auch die Blätter.

B   ....und die Raupen.

A   Davon wissen sie aber nichts, denn sie sind die Zukunft und hören nur auf die Hoffnung.

B   Aber der Stamm weiß es und spürt die Säfte, die von den Wurzeln zu seiner Krone fließen und den Zucker transportiert, von dem alle leben.

A   Denn es sind seine Blüten, seine Blätter und seine Raupen.

B   Deine Raupen, also nimm es ihnen nicht übel. Lass sie feiern, du hast auch deine Zeit gehabt, zu deiner Zeit. Und sie ist nur kurz. Wie der Sommer in Schweden.

SOMMERREIGEN

Dein sonniges Selbst: Wetter-Persönlichkeit

A   Also ich will dir etwas gestehen.

B   Soll ich Beichtvater spielen?

A   Nein…

B   Hast du etwas angestellt?

A   Nein….

B   Ja, was ist es denn nun?

A   Es ist eine Ansicht, die ich nicht jedem mitteilen würde.

B   Interessant. Etwas Ungewöhnliches? Das mag ich.

A   Jetzt trau ich mich fast nicht mehr. Also ich war im Urlaub.

B   Ich weiß, in Sizilien.

A   Es war so heiß.

B   Habe davon gelesen. Falsche Himmelsrichtung gewählt.

A   Es war so heiß, dass nicht nur der Asphalt weich wurde, die Luft auf der Straße flimmerte wie die Luft über einer Kerze.

B   Und du in deinem neuen, weißen Leinenkleid…

A   Na klar, und wieder war es zu warm. Weil immer, wenn ich mir in Deutschland Kleidung für den Urlaub kaufe, kann ich mir nicht einmal vorstellen, wie heiß es anderswo werden könnte.

B   Du denkst immer nur an den Sommer in Deutschland, so um die 18 - 20 Grad.

A   Höchstens!

B   Und dass man bei 30 Grad am liebsten gar nichts auf dem Körper tragen möchte, würdest du nicht glauben.

A   Dass man nur ganz dünne Stoffe wählen sollte, die man kaum spürt.

B	Die der kleinste Lufthauch bewegen kann wie ein zarter Vorhang.
A	Genau, nur so fühlst du dich wohl in dieser Hitze.
B	Wenn es dann Abend wird, vielleicht.
A	Ja, erst am Abend.
	Aber eigentlich wollte ich ja etwas sagen.
B	Ja, ich warte eigentlich drauf.
A	Aber du weißt schon, dass du immer wieder ablenkst.
B	Gut, ich bin jetzt still.
A	Also, wie gesagt, diese Hitze.
B	Ja.
A	Ich weiß nicht, ob diese Hitze nicht auch etwas mit dem Charakter der Leute zu tun hat.
B	Weil?
A	Sie sind so viel fröhlicher und sozialer als wir.
B	Kommt dir das so vor?
A	Tja, ich frage mich wirklich, wie wir in Deutschland drauf wären, wenn wir uns ständig in höheren Temperaturen bewegen würden.
B	Oh, das werden wir bald studieren können. Aber, was denkst du? Sollten sie mehr Freude empfinden können? Nach der Gleichung: Sonne = Freude.
A	Ja, ich denke schon. Wenn die Sonne mit über 30 Grad auf dich scheint, nimmst du alles locker, dein Widerstand schmilzt, du fühlst dich federleicht und fängst an zu tanzen.
B	Oder wenigstens beschwingt zu schreiten, als ob dir jemand 8 Kilo abgenommen hätte.
A	Oder hat zehn Jahre verschwinden lassen.
	Ja, es war so schön. So am Abend über die Straßen zu schlendern, in die aufgestaute Hitze des vergangenen Tages hinein. Alle Leute unterwegs, aus ihren Häusern befreit, auf der Suche nach Gesellschaft.
B	Du bist den ganzen Tag nicht aus dem Hotel gegangen?

A	Wir hatten eine Ferienwohnung.
B	O.k. Du bist den ganzen Tag nicht aus der Ferienwohnung gegangen?
A	Nein, es war einfach zu heiß.
B	Das hatten wir in Deutschland auch. Am Abend hat man sich dann auf der Straße gesehen. Leider waren dann die Geschäfte schon zu.
A	In Sizilien machen sie erst wieder um 16.00 auf.
B	Das werden wir hier bald auch haben.
A	Und die meisten Hotels haben auch schon Solar, also eine Klimaanlage.
B	Aber nicht deine Ferienwohnung.
A	Nein, das war wirklich ganz traditionell sehr heiß.
B	Dunkle Vorhänge und große Fenster mit Balkon. Stuck an den Decken, am Kamin, und abblätternde Antikfarbe an dem Balkongitter.
A	Ja, so schön. Ich habe viele Fotos gemacht.
B	Was hättest du auch sonst tun können?
A	Also was? Glaubst du, dass die Leute bei verschiedenen Temperaturen ihren Charakter verändern?
B	Wie die…Reptilien? Wenn sie warm werden, sind sie schnell, wenn es kalt wird, werden sie langsam?
A	Ich dachte mehr an: in der Wärme fröhlich und ausgelassen, in der Kälte mürrisch und kritisch.
B	Und dann reisen wir im Urlaub in die Gegend, die die ideale Temperatur für unsere Charakterentfaltung bietet?
A	Ja, es gibt schließlich auch Leute, die nach Norwegen oder sogar nach Island fliegen.
B	Das werden wohl die Urlaubsziele der Zukunft sein.
A	Um unseren Nationalcharakter, kritisch und mürrisch, zu retten.
B	Denn hier wird es so heiß werden, dass wir in Gefahr geraten, kontinuierlich fröhlich und ausgelassen zu sein.

A	Und was wird dann aus den Sizilianern?
B	Sie tragen dann bald arabische Kleidung, um sich an die Temperaturen der Wüste anzupassen.
B	Dann ist es vorbei mit fröhlich und ausgelassen.
A	Ja, die Hitze ist einfach zu hart, zu extrem, zu aggressiv. Da wird man wieder streng und nüchtern, damit man sie aushält.
B	Wie die Leute in der Kälte. Streng und nüchtern gefällt mir.
A	Ist aber falsch. Denk an die Russen und die Finnen…..
B	Die trinken, um die Kälte und die Dunkelheit zu vergessen.
A	Und er wärmt.
B	Also könnte schon etwas dran sein an deiner Theorie…. Ich finde die Idee lustig, dass wir uns also das richtige Habitat für unseren Wunschcharakter aussuchen. Nach dem Motto, wie will ich diesen Sommer sein? Kritisch und klug oder ausgelassen oder - richtig eingeschüchtert?
A	Tja, bisher zieht es unsere Deutschen ja eher nach Italien.
B	Da schimpfen sie über die Hitze wie sonst über den Regen, so wie sie immer über alles schimpfen, was so passiert.
A	Meinst du nicht, dass die Sonne und die Wärme sie etwas weicher und freundlicher stimmen könnten? Unsere lieben Deutschen?
B	Werden vielleicht vorübergehend von der Hitze zum Schweigen gebracht. Vielleicht sogar zu einem freundlichen Gesicht. Ein Charakter verändert sich in zwei Wochen Urlaub mit permanenter Sonnenbestrahlung – auch nur vorübergehend.

A	Du meinst, sobald die Sonne verschwindet, lässt die Wirkung nach und sie sind passen sich wieder an die Witterung hier an?
B	Sobald sie aus dem Flugzeug steigen....
A	Aber für zwei Wochen haben sie sich in Südländer verwandelt....
B	Urlaub vom Ich.
A	Pause vom eigentlichen Leben.
B	Die Frage am Schluss wäre, wo fühlst du dich denn am wohlsten? Wo bist du wirklich du? Bei welcher Temperatur?
A	Hm. In Sizilien, am Abend auf der Piazza, da bin ich in eine Rolle geschlüpft, wie in das Kleid, das ich mir dann dort gekauft habe. Denn mein Leinenkleid aus Deutschland habe ich schnell abgelegt, viel zu schwer, zu schwerfällig, viel zu dick.
B	Und dann hast du dir so ein leichtes Viskosekleid gekauft?
A	Ich habe mir sogar echtes Seidenkleid geleistet dort unten. Wir hatten ja sonst wenig Gelegenheit, Geld auszugeben. Immer in der Ferienwohnung, bis zum Sonnenuntergang.
B	Ein Seidenkleid, wie edel. Und war das die echte Annie?
A	Das weiß ich nicht. Aber es war eine Rolle, die mir gefiel.
B	Annie in einem federleichten sizilianischen Seidenkleid, darunter fast unbekleidet?
A	Aber sicher....
B	Der abgekühlte Abendwind streicht über die Haut.
A	Die deutschen Jacken und Schals sind im Koffer verstaut.
B	Wie ein Schmetterling gleitest du elegant durch den Wind. Leicht wie ein Lufthauch.

A	Genau so habe ich mich gefühlt.
B	Und, war das die echte Annie?
A	Es war eine tolle Annie. Die habe ich schon vor Jahren verloren.
B	Und manchmal findest du sie im Urlaub wieder.
A	Ja, so ist es. Aber diese Annie wäre nicht geeignet, meinen Job hier in Deutschland zu übernehmen. Die ist viel zu spontan und ehrlich.
B	Sei nicht so streng, immerhin hast du diese tolle Annie nicht ganz verloren. Bei der richtigen Temperatur taut oder taucht sie wieder auf!
A	Das ist wahr. Das ist wirklich Erholung, wenn du den gewohnten, immer misstrauischen Teil deines Ichs zu Hause lassen kannst.
B	Und mit einem ausgewählten, interessanten Teil deines Ichs Urlaub machen kannst. Aber für wen ist es dann Erholung?
A	Na ja, das junge Ich wird mal wieder aus der Kiste geholt, angekleidet und bekommt Luft und Licht, wird ernährt.
B	Und dein Ich aus den deutschen Breiten?
A	Das kann sich wirklich erholen in der Nicht-Existenz. Ja, es schläft wahrscheinlich.
B	Schöne Idee. Ein Mensch mit verschiedenen Persönlichkeiten.
A	Für warmes Wetter, für kaltes Wetter.
B	Für Sonne und Regen.
A	Und alle muss man ab und zu ausführen, sonst verlöschen sie wie Kerzen.
B	Und gehen über in Nicht-Existenz. Sie verhungern.
A	Nein, das ist wirklich traurig. So viele Persönlichkeiten zu leben macht Spaß.
B	Tja, ich bin leider nicht so flexibel. Ich nehme mich selber immer mit in den Urlaub.

A	Sag bloß, du hast nur ein Ich und das ist kritisch, klug und mürrisch?
B	Ich fürchte, ja, schon deswegen fahre ich auch nicht in den Süden.
A	Ja, den Süden werden wir bald in Deutschland erleben können.
B	Und Deutschland in Norwegen......Also muss ich bald noch weiter in den Norden.
A	Alaska. Das ist ungefähr die angemessene Temperatur für dein Temperament.
B	Sei nicht so bissig. Kommen wir lieber wieder zu dir. Und dein Mann? Was sagt er zu deiner Verwandlung.
A	Er meinte: es ist genau wie früher. Das erinnert mich an 1985, weißt du noch? Da haben wir auch hier gesessen. derselbe Ort, derselbe Wein, dieselbe Frau.
B	Das ist als Kompliment gemeint, nehme ich an?
A	Natürlich.
B	Und dann sagt er noch: du hast dich gar nicht verändert.
A	Genau.
B	Und er? Verändert er sich?
A	Es genügt doch, dass er wieder im Jahr 1985 eintaucht und wieder genauso verliebt ist wie damals, oder?
B	Wir wollen nur hoffen nur, dass er diese Verliebtheit auch auf dein schlafendes Deutschland-Ich übertragen kann. Und nicht nur die tolle Italien-Annie anhimmelt, die bald wieder in den Koffer muss.
A	Das ist egal. Ich bin ja jetzt auch nicht mehr die tolle Italien-Annie, sondern wieder die deutsche Annie. Aber es ist schön, das wieder einmal erlebt zu haben.
B	Urlaub vom Ich mit einem jüngeren Ich. Klingt fast wie ein Seitensprung.

A	Es ist ein Sprung, in die Vergangenheit. Ein Sprung in einen Jungbrunnen. Ein Sprung in ein anderes Klima.
B	Also für dich stimmt deine Theorie. du bist eine andere in einem anderen Klima.
	Du kleidest dich sogar anders. Würdest du dieses Seidenkleid in Deutschland tragen?
A	Nein, das ist undenkbar. Das lass ich lieber. Es könnte mich ja jemand sehen…..
B	Du hast dich schnell angepasst an das Leben in Sizilien.
A	Und hör mal, wie gut ich mich angepasst habe.
	Einmal war ich alleine auf der Straße, weiß ich auch nicht warum.
	Da hat mich doch tatsächlich ein Sizilianer angesprochen, ob ich mit ihm einen Kaffee trinken möchte.
B	Ich frage dich jetzt nicht, wie alt er war.
A	Nein, frag mich das lieber nicht, das würde meine schöne Geschichte zerstören.
B	Und du glaubst, er hat dich für eine Sizilianerin gehalten?
A	Ja, was sonst? Ich hatte schließlich mein sizilianisches Seidenkleid an.
B	Du hast Recht, schöne Geschichten soll man nicht zerstören.

SOMMERREIGEN

SONNENRELIGION

B   Du hast dich gesonnt heute oder warst du im Garten?

A   Nein, ich habe mich gesonnt, herrlich!

B   Ja, du hast Bräune mitgebracht. Du siehst ganz frisch aus.

A   Ach, du weißt ja, ich bin eine Sonnenanbeterin.

B   Wirklich? Ich wusste gar nicht, dass du religiös bist.

A   Also wenn du mich so fragst, nein, ich bin nicht religiös.

B   Aber....

A   Aber wenn ich religiös wäre, dann wäre ich bestimmt am ehesten eine Anhängerin der Sonnenreligion.

B   Sonnenreligion, aha.

A   Na ja, sieh doch mal. Die Sonne ernährt uns alle, sie wärmt uns, schafft die Vegetation, um uns am Leben zu erhalten und uns Schutz zu geben.

B   Ja, das tut sie.

A   Und sie macht alles sichtbar, schon einmal darüber nachgedacht.? Ohne sie wäre es nicht nur bitterkalt hier, öde, sondern auch stockfinster.

B   Aber wir könnten auch den Sauerstoff anbeten.

A   Der hat nicht die gleiche Bedeutung.

B   Stimmt.

A   Die Sonne ist gut zu sehen, jeden Tag am Himmel, meistens. Da hat man schon einen Bezug, eine Vorstellung. Nenn mir eine Religion, wo du die Gottheit so gut von jedem Punkt auf der Erde aus betrachten kannst, falls der Himmel das erlaubt.

B   Da brauche ich keine Kirche und keine Bilder.

A   Nein, alles schon vorhanden. Von der Gottheit musst du dir kein Bild machen, weil man sie täglich mit bloßen Augen wahrnehmen kann.

B	Und du musst niemandem von dieser Religion überzeugen. Gottesbeweise sind überflüssig.
A	Nein, sie ist einfach da. Und sie ist erhaben und prächtig. Das kann jeder sehen. Ein gewaltiger Energiespender, der uns am Leben erhält. Also ist sie großzügig und gütig, wenn du so willst.
B	Dann hast du die wichtigsten Eigenschaften für ein göttliches Wesen eigentlich schon zusammen. Mächtig, spendabel, und eine Schöpfungsgewalt.
A	Eben. Und wenn wir unseren Gedanken weiterspinnen, ist der Gottesdienst der angenehmste, den man sich vorstellen kann. Auch dazu muss man niemanden zwingen oder überreden. Aber man sollte sich einölen.
B	Ja, Öl, ein wichtiges Element in vielen Religionen.
A	Und dieses Öl duftet.
B	Und jeder legt sich gerne in die Sonne.
A	Und lässt sich von ihr wärmen und bestrahlen, bis man auch von innen leuchtet.
B	So wie du jetzt. Ganz erleuchtet.
A	So wie ich. Es ist so angenehm, dieser Gottesdienst, dass man gar nicht aufhören mag. Die Lider sind sonnenrot, die Haut wird weich und duftet. Endlich mal ein Gott, der sichtbar etwas Gutes tut. Da muss man nicht diskutieren, ob er mehr Gutes als Schlechtes verursacht.
B	Moment mal, du vergisst die Warnung der Hautärzte! Du kannst Hautkrebs bekommen.
A	Das ist nicht die Schuld der Sonne, das ist deine Schuld. Du kannst dich ja in den Schatten verziehen, auch da spürst du die Sonne noch.
B	Jetzt wird es aber metaphysisch. Du glaubst, die Sonne tut nur Gutes?
A	Die Sonne ist ein Gestirn, wenn ich dich daran erinnern darf, sie strahlt Energie aus und denkt sicher nicht

darüber nach. Kein Gehirn, soweit wir wissen. Also gibt es keine Absicht dahinter.

B Wenn es keine Absicht gibt, keinen Willen sozusagen, dann gibt es kein Gut oder Böse.

A Nein, das gibt es nicht.

B Es ist Natur.

A Nur in Bezug auf uns gibt es gut und schädlich. Da aber die Sonne bestimmt nichts von unserer Existenz weiß, liegt die Verantwortung nicht bei der Sonne. Verstehst du?

B Wie? Weil wir nur zufällig ihre Sonnenstrahlen abbekommen?

A Genau. Da müssen wir unseren Verstand benutzen, um die Wirkung wohltätig zu gestalten. Die Sonne ist eine Königin, sie denkt nicht, sie handelt aus strenger Kausalität heraus.

B Vielleicht verbrennt sie uns eines Tages sogar aus Versehen. Sie ist eben die Sonne.

A Außerdem stirbt sie schon, seit langem.

B Freiwillig?

A Wer weiß das schon? Sie verbrennt. In etwa 8 Milliarden Jahren ist sie ein toter Stern. Sie verbrennt ihr Material, aus dem sie besteht, und wärmt uns mit ihren Flammen, die aus ihrem Inneren hervorbrechen.

B Das ist mystisch. Ein Stern, der sich selbst opfert, um ein Planetensystem zu wärmen.

A Verstehst du nun, dass man gar nicht lange genug in der Sonne liegen kann. Mit Faktor 50 natürlich. Schließlich ist die Sonne als Gottheit viel zu heiß für uns.

B Man kann sie auch nur als Sonnenuntergang wirklich in Augenschein nehmen. Wenn sie oben am Himmel steht, verbrennt man sich die Augen.

A Sie ist eben göttlich. Deswegen gefährlich.

Aber wenn ich so daliege in ihrem Schein, mit geschlossenen Augen, so gehört sich das vor einer Gottheit, dann liebe und verehre ich sie. Sie tut so gut.
Ich finde, wir haben alle genug Grund, um ihr dankbar zu sein.

B   Man muss nur durch den Garten und den Wald schlendern.

A   Oder sich die Zutaten beim Kochen anschauen....

B   Und wie stellst du dir den Gottesdienst dann so vor?

A   Also, wenn jemand stirbt für dich, solltest du dich wenigsten über die Gaben freuen, oder?

B   Du nimmst die Gaben und versuchst, dafür Freude in die Welt zu tragen.

A   Ja, so stelle ich mir das vor. Ein würdiger Gottesdienst.

B   Aber du glaubst nicht, dass die Sonne dich persönlich auf der Erde sieht?

A   Nein, sicher nicht. Es ist ein Gestirn, schon vergessen? Ein gewaltiger chemisch-physikalischer Prozess, der sich da vollzieht, ob ich nun da bin oder nicht.

B   Eine sehr moderne Religion.

A   Sie steht auf den Grundlagen der Naturwissenschaften. Nix Mystik, alles Physik.

B   Und eine Gottheit, die nicht an uns denkt.

A   Das ist doch das Wahrscheinlichste, wenn man sich den Zustand der Welt anschaut, oder?

B   Stimmt schon, unser Chaos kann man keinem Gott zumuten.

A   Eben, eine sehr realistische Religion mit der Sonne als zentraler Gottheit wäre das.

B   Und Sünde oder Strafen gibt es auch nicht!

A   Nein, in dieser Religion geht es nur um das Gute, Lebenswichtige und Angenehme.

B   Ich glaube, ich trete bei.

A   Du hast ja nicht einmal einen Balkon.

B   In der Sonne sitzen kann ich überall.

A   Siehst du, ein weiterer Vorteil, man kann sie überall empfangen und verehren, überall, wo es natürliches Licht gibt.

KASSANDRA

Ich öffne meinen Mund, ich schreie aufs Papier, hämmere in die Tasten, forme Wörter, Bilde Sätze, schicke sie hinaus in die Welt. Als Zeugnis von dem, was ich weiß und gesehen habe. Ich bin Zeugin. Ich weiß das, was ich euch verkünde, sehr genau. Aber niemand hört mich, nur ich höre mich. Meine Stimme ist intakt immer noch eine angenehme Altstimme. Ich höre sie, aber sonst niemand. Als ob auf die Welt ein Sound-Crash-Filter gelegt worden wäre. Als ob ich in einer Dimension wohne, die niemand mit mir teilt.

Also ob ich in einem Frequenzbereich herumstreiche, den niemandem hört. Wie die Pflanzen, die werden auch nur von den Hunden gehört. Ob die Hunde mich hören? Nein, nicht einmal die Hunde hören mich. Sie hören mich, aber sie verstehen mich natürlich nicht. Sie hören den Lärm, den ich mache. Den hören die Menschen vielleicht auch. Aber meine Laute geben offensichtlich keinen Sinn für sie. Ich forme die Worte, werfe sie wie Seifenblasen in meine Umgebung, aber sie zerplatzen, bevor sie jemanden erreichen und machen die Menschen nur unangenehm nass.

Man schaut mich betreten an, will sich nicht laut beschweren, findet es aber peinlich. Ich inzwischen auch. Was störe ich die Menschen noch, wenn sie doch nicht hören können. Ihre Ohrschnecken?? sind für meine Worte unbrauchbar. Sie verlieren sich darin, verlieren ihren Sinn und werden zu bloßen, sinnlosen Lauten. Ich bin wie ein Tier, das nur noch Laut geben kann. Aber ich bin ein Mensch, ich spreche eure Sprache, aber zwischen uns ist eine Wand. Meine Worte dringen nicht zu euch durch, nicht in euren Kopf, wo sie verstanden werden und einen Sinn bekommen könnten.

Haben Worte Sinn, wenn nur ich den Sinn verstehe? Das ist die Frage, die mich wie eine schwarze, gefährlich züngelnde Schlange die ganze Zeit verfolgt. Genügt es, dass ich bezeugen kann, dass ich noch bei Sinnen bin, dass mein Denken und Sprechen sinnvoll ist und wert wäre, gehört zu werden? Ich durchschaue ja die Dinge, ich verstehe sie, das tun nicht alle. Und wenn ich sage, wie sie sind, damit andere sie auch verstehen und die richtigen Entscheidungen treffen können, versteht mich keiner.

Es gab eine Zeit, da wurde ich gehört und man folgte meinem Rat. Ich hatte viele Followers, Leser in der Zeitung, auf meinem Account, ich war wichtig und konnte Meinungen beeinflussen. Aber das war gar nichts im Vergleich zu der Zeit, die folgte, als mich der grüne Bürgermister Gerold Best zu seinem Sprachrohr machte. Ich hatte ein eigenes Büro mit Sekretärin, einen vollen Terminplan, viele Leute, für die ich keine Zeit hatte, und Macht über das Wollen der grünen Partei. Ich genoss es und noch mehr genoss ich, dass man mich hörte, dass ich Dinge bewegen konnte wie ein Dirigent. Dank seiner Unterstützung. Gerold Best, der Bürgermeister. So weit, so wunderschön. Eine Erfolgsgeschichte, junge Journalistin auf dem Zenit ihrer Wirksamkeit.

Aber an einem schönen, goldenen Herbstmorgen kam er in mein Büro, der Gerold Best, und machte mir einen Vorschlag. Vorher natürlich der Kaffee, Small Talk über ein paar interne Details. Intima nur für die oberen Etage, Bestätigung des Status. Dann kann es: Ob ich seine persönliche Wahlkampagne für ihn leiten wolle? Ich mit meiner Erfahrung. Wir seien doch ein super Team. Er lächelte sein schönstes Plakat-Lächeln, er versprach sich viel davon, dass ich „Ja" sagte. Aber ich wollte nicht. Dann wäre ich auf Gedeih und Verderben an ihn und seinen politischen Stern gebunden. Ich würde mit ihm auf- oder untergehen. Mehr als Bürgermeister konnte er nicht werden, mehr Einfluss als jetzt konnte ich unter ihn nicht bekommen, also könnte ich nur verlieren. Keine Win-Win-Situation. Das wurde mir blitzschnell klar.

Falls er verlöre, würde der nächste grüne Bürgermeister mich nur weiterbeschäftigen, wenn ich nicht an unseren Herrn Gerold Best gebunden wäre. Das ist Politik. Ich musst meine Neutralität als Medienexpertin bewahren. So sah ich mein Panorama. Natürlich lag ich ganz falsch. Das waren gar nicht meine Alternativen. Ich hatte gar keine, wie sich später herausstellte.

Ja, viele würden jetzt hier gerne eine Me-Too Geschichte hören. Sex and Crime. Sollte ich vielleicht erfinden, um mehr Publikum zu generieren. Aber es war nicht so. Es war viel trivialer und deshalb noch schlimmer, weil häufiger und blasser. Es ist nicht einmal ein fesselnder Skandal. So etwas interessiert niemanden. Also doch Me-Too? Wenn ich nicht so wahrheitsliebend wäre....

Ja, ich habe mich ihm verweigert, aber auf andere Weise. Denn ich dachte, ich sei überlebensfähig ohne ihn. Er dachte, mein ihm geschuldeter Erfolg sei für mich Grund genug, ihn zu unterstützen mit allem, was ich hatte. Nibelungentreue. Mein Schicksal an seines fesseln.
Ich dagegen dachte, dass ich gut genug war, auch ohne ihn politisch zu überleben und dass ich nicht dankbar sein musste. Jeder nächste Bürgermeister würde wieder eine Spitzenkraft brauchen, die die Medien übernahm. Und wer konnte das so gut wie ich? Das sagten alle.
Also lehnte ich mich entspannt zurück, ganz einig mit mir selber, schaute ihn von gleich zu gleich an und formuliert das „Nein". Er formte seinen Schmollmund, sein Blick wurde hart

wie ein Kiesel, er starrt mich an, ohne mich zu sehen. Ich existierte schon nicht mehr in dem Moment, ich war aus seiner Entourage verschwunden und vernichtet. Ich war ausgelöscht in seinem Panorama. Ich war eine persona non grata.

In dem Moment war jede wohlwollende Verbindung, wenn es je eine gab, zwischen uns beendet. In dem Moment begann der Vernichtungsfeldzug, aber davon ahnte ich noch nichts. Ich blieb locker in meinem Stuhl zurückgelehnt, schaute auf meine roten Schuhe, die so schön glänzten, und dachte, ich bin bei der Partei angestellt, nicht bei ihm.

Am nächsten Morgen kam ich nicht mehr in mein Büro, es war schon ausgeräumt, das Namensschild an der Tür entfernt. Mein Versuch, mich an die Verwaltung zu wenden, war fruchtlos. Fristlose Entlassung. Auch die Partei meldete sich nicht zurück. So gingen die Wochen in Land und ich war arbeitslos.
Natürlich wurde er nicht wiedergewählt. Aber für einen abgehalfterten, glücklosen Bürgermeister hatte er noch viel Strippen, die er ziehen konnte. Ich hätte nicht gedacht, dass er mich mitreißen könnte. Ich hatte keine politische Stellung, ich war auf der Seite der Kompetenz und der Fakten und der Vermittlungskapazität, ich war eine Fachfrau mit besonderen Fähigkeiten, anders als ein Politiker, der auswechselbar war.

Ich hielt mich für nicht auswechselbar. Das war meine feste Überzeugung. Aber er ging unter und ich mit ihm. Doch an ihn gefesselt.
Meine wohl informierte, wohl formulierende Stimme wurde nicht mehr gehört, nicht mehr nachgefragt, nicht mehr engagiert. Als ob ich meine Qualitäten verloren hätte. Habe ich aber nicht. Ich musste mich jetzt billiger an weniger wichtigen Orten verkaufen.

Da fragt man sich schon: Wer bin ich eigentlich? Hatte ich je die Qualitäten, auf die die sehr stolz war? Oder war das nur der Glanz des Postens, der mir die Bedeutung gegeben hatte und nicht meine eigenen Fähigkeiten? Bin das noch ich? Oder war ich vorher jemand, der einer von vielen war und den das Glück hochgespült hatte? Ein Glückritter, kein Fachmann oder Fachfrau.

Hatte Gerold Recht? ER hatte meine Karriere gemacht, ich schuldete sie ihm? Es waren nicht meine Fähigkeiten, die mich in die Höhe gebracht hatten?

Ich wusste nicht mehr, was ich davon halten sollte. Ich wusste nicht mehr, wer ich eigentlich war. Vielleicht ein Glücksritter ohne Glück, der jetzt die andere Seite der Medaille kennen lernt, nämlich das Pech.

Ich sah ihn noch einmal wieder in seinem Geschäft. Metallteile. Er machte dort weiter, wo er aufgehört hatte, um Bürgermeister zu werden. Seine Frau hatte den Laden weitergeführt. Jetzt stand er wieder hinter der Kundentheke in grau-blauem Kittel. Er sah nicht unglücklich aus. Aber ich ging nicht hinein. Ich hatte das Gefühl, dass er mir die Niederlage ankreidete, und wollte mich seiner Wut nicht aussetzen. Vom Bürgermeister zurück zum Verkäufer. Bitter, bitter.

Aber er hatte wenigstens einen Ort, an den er zurückkehren konnte, einen Ort, der ihn ernährte.

Ich versuche wieder, bei der Online-Zeitung anzufangen. Mit meiner neuen Expertise im Bereich der realen Lokal-Politik hatte ich doch etwas beizutragen. Immerhin war ich die Energieexpertin der lokalen Grünen, da hatte ich was zu sagen, was die Leute nichts wussten. Ja, ich bekam tatsächlich noch Publikationsmöglichkeiten in kleineren Magazinen, Onlineportalen. Aber alle großen Medien folgten Gerold Bests Rat und lehnten mich ab. Sie hatten offensichtlich andere

Kräfte, die liefern konnten, was sie brauchten. Qualität war offensichtlich nicht das entscheidende Kriterium, sondern Loyalität – besonders für eine Frau. Für eine Medienfachfrau.

Ich durfte noch kleine Artikel schreiben, aber wurde nicht mehr in einem Team zugelassen. Sie fürchteten sich vor mir. Der stimmlosen Seherin. Ich brachte Unglück. Ich konnte schreiben, was ich wollte, aber keiner nahm es ernst.

Trotzdem blieb ich dabei, die Wahrheit zu schreiben, denn dafür schrieb ich überhaupt: um aufzuklären.

Aber es war, als ob meine Feder mit unsichtbarer Tinte schriebe, als ob ich in einer anderen Frequenz spräche als alle anderen, in der Frequenz, in der die Fledermäuse und Blumen kommunizierten. Menschen hörten meine Schreie im Internet nicht mehr, so wahr ich auch sprach.

Ich kämpfte noch manches Jahr darum, gehört zu werden, aber am Ende gab ich auf, ich verkümmerte und verschwand in der Stille. Mit Fledermäusen wollte ich nicht kommunizieren. Georg Best hatte mich besiegt. Ich hätte es nicht für möglich gehalten.

Das Original:

Der Gott Apollon verliebt sich in Kassandra und verleiht ihr – in Erwartung sexueller Hingabe – die Fähigkeit, die Zukunft vorauszusehen. Kassandra, deren Schönheit Homer mit jener der Liebesgöttin Aphrodite gleich setzt, verweigert sich aber dem Gott. Apollon kann der Kassandra die Gabe der Prophezeiung nicht wieder rauben, verfügt jedoch, dass niemand ihren Weissagungen Glauben schenken würde.

Nach der Zerstörung Trojas nimmt Agamemnon die trojanische Prinzessin Kassandra, die Seherin, der niemand Glauben schenkt, als Sklavin mit nach Mykene.

Er wird aber nach seiner Ankunft in Mykene von seiner Frau Klytaimnestra und deren Geliebtem Aigisthos im Bad ermordet.

Kassandra, die dieses Schicksal vorhergesagt hat, wird von Klytaimnestra ebenfalls getötet.

ALLEINE

B   Ich war das ganze Wochenende alleine, stelle dir das mal vor. Das war wie unter Wasser sein. Nicht hören, nicht sprechen, nur das Rauschen der Zeit.

A   Och, ich find das ja herrlich, so mal ganz alleine.

B   Das passiert dir doch selten.

A   Na ja, wenn mein Mann auswärts einen Termin hat und auch die Kinder verplant sind, ohne dass ich das vorher wusste…

B   Das heißt, du bist dann unfreiwillig allein.

A   Ja, sonst würde ich doch die Gelegenheit ergreifen, um jemanden zu sehen, den man lange nicht mehr gesehen hat.

B   Zu schauen, ob das Gespenst noch lebt.

A   Und ob es einen noch mag oder in ganz andere Sphären abgedriftet isst. Manchmal spooky.

B   Ja, also ich war auch ganz unerwartet allein.

A   Aber du wohnst doch allein, das kann doch nicht so unerwartet gewesen sein.

B   Der Tag ist dann so unendlich lang, wie ein Tunnel ohne Ende. Und weil er so lang ist, verlierst du jede Orientierung. Du lebst im Moment und der Moment ist wie ein Kaugummi.

A   Dann warst du sehr lange allein, wenn du in die meditative Phase gekommen bist.

B   Ja, meine Uhr war der Sonnenuntergang.

A   Und dann bist du das einzige lebende Wesen in der Wohnung.

B   Aber das Ticken und Piepen der Elektrogeräte begleitet dich. Es ist wie Familie.

A   Aber du bist doch keine Roboter.

B   Wer weiß….

A	Du könntest stattdessen Musik hören.
B	Um mich mit körperlosen Stimmen zu umgeben? Das zerstört den Zauber.
A	Dass du da einen Zauber findest, du alleine in einer Wohnung.
B	Doch, da ist ein Zauber. Der Zauber, dass ich wie ein Dirigent die Zeit verteilen muss, ihr Sinn gebe und sie gestalte.
A	Das kostet Kraft. Ich folge ja meistens dem Protokoll, das etwa Samstage eben bei uns haben.
B	Ja, eben, wenn du Herr deiner Zeit bist, kostet das Kraft. Aber es fühlt sich auch köstlich an. Wenn du die Stunden gestalten darfst und niemand dir hineinredet. Dann ist der Tag deine Kreation.
A	Die niemand teilt. Mitbekommt. In der niemand lebt außer dir.
B	Ja, aber sie ist meine und wird nur von mir aufrecht erhalten. Wie ein Regenschirm, den ich mit meiner Kraft über mir aufspanne.
A	Hört sich an, als ob du stolz darauf wärst. Willst du gelobt werden?
B	Nein, lass mal. Ist ja nicht deins. Du bist ja in Familie. Aber es waren zwei großartige Tage, die ganz mir gehörten.
A	Aber eigentlich kann man mit niemandem darüber reden.
B	Ja, das ist nicht mitteilbar. Eigentlich sollte ich einfach schweigen.
A	Jetzt hast du ja schon lange darüber geredet. Also sag mal, was genau hast du denn in den zwei Tagen gemacht?
B	Ich habe mich treiben lassen in der Zeit. Ohne Plan. Gesessen und aus dem Fenster geschaut.

A	Wie ein Floß auf Wasser? Habe ich lange nicht mehr gemacht.
B	Du sitzt da im Meer der Zeit und du spürst, wie sie an dir vorbeiströmt. Fast kannst du sie auf der Haut spüren.
A	Wie man am Strand die Füße ins Wasser hält und sich an der Strömung freut.
B	Ja, und dann die Sonnenstrahlen beobachtet.
A	Aha…..
B	Irgendwann kam mir eine Idee, aber erst einmal habe ich mir eine indonesische Bowl gemacht. Das drängte sich einfach auf.
A	Ja, essen, was ich will, kann ich selten. Da sind immer die Diätvorschriften für die anderen wichtiger.
B	Dann kam die Idee zurück und ich habe Briefe geschrieben.
A	Wie altmodisch! Du hättest auch anrufen können, oder?
B	Nein, ich musste mir ja erst selber klar werden, was ich sagen will.
A	An wen?
B	An meinen Vater.
A	Der ist schon lange tot.
B	Ja, aber wie ich so die Sonnenstrahlen betrachtet habe, musste ich an ihn denken.
A	War er ein guter Vater?
B	Er hätte einer sein können, wenn seine Arbeit ihn nicht so in Besitz genommen hätte.
A	Also kannst du ihn heute verstehen.
B	Das ist der Punkt, ich habe ihn verstanden, als ich in die Sonnenstrahlen geschaut habe, denn die sind auch so limitiert und selten und wir freuen uns über jeden Strahl so sehr, wie über einen Strahl von Liebe.
A	Schönes Bild.

B	So war mein Vater, ein seltener Sonnenstrahl im Haus.
A	Aber jetzt sag mal, wieso warst du eigentlich das ganze Wochenende allein?
B	Mimi ist weggelaufen. Und ich war krankgeschrieben.
A	Also warst du GANZ allein?
B	Das sag ich doch. Denn wenn Mimi da ist, gibt es immer ein anderes lebendiges Wesen, das man umkreist. Ein Raumpunkt. Und schon ist man begleitet.
A	Also mit der Mimi wirst du dieses tolle Wochenendgefühl nicht haben?
B	Nein, denn jedes lebendige Wesen taktet dich wie eine Uhr. Es sieht dich, das genügt schon. Da schaust du ihr in die Augen und plötzlich siehst du dich selbst in ihren Augen. Du bist beobachtet, von dir selbst und von der Mimi.
A	Und wenn du alleine bist, ist keine soziale Kontrolle da.
B	Die fällt völlig weg, Du bist alleine mit dir, allein im leeren Raum egal, wie viel unbelebte Möbel dort stehen, du bist alleine unterm Sternenzelt. Du hältst dich aufrecht nur für dich selbst.
A	Und die Blumen? Schauen die dich an?
B	Nein, die schauen mich nicht an. Das würde ich spüren. Doch, vielleicht schauen sie mich an, aber sie wollen mir nichts sagen. Nicht wie Mimi. Die will mir immer etwas sagen.
A	Das ist, glaube ich, ziemlich anstrengend.
B	Ja, aber ich glaube, man gewöhnt sich daran. Schau dir die vielen Singles an, sogar ohne Haustiere. Die müssen sich aus eigener Kraft am Laufen halten.
A	Das müssen meine Kinder bald tun, wenn sie alleine in eine fremde Stadt gehen, um zu studieren.
B	Sie werden sicher in eine WG ziehen, dann werden sie wahrgenommen. Eine Vorstufe der Liebe.
A	Und warum ziehst du nicht in eine WG?

B	Darüber bin ich hinaus. Meine Persönlichkeit braucht inzwischen eine eigene Wohnung.
A	Natürlich, deine raumeinnehmende Persönlichkeit.
B	Da hat auch Mimi kaum noch Platz. Und das weiß sie auch.
A	Deswegen ist sie verschwunden. 95 m2 und alles für dich. Du hast sie hinausgedrängt. Ist ja ein Fremdgänger.
	Ist sie eigentlich zurückgekommen?
B	Ja, am Montag. Pünktlich. Sie weiß, wann ich ihr die Wohnung überlasse. Immer wieder Montag.
A	Du und deine Katze. Schichtbewohner.
B	Und sie weiß genau, wann ich zurückkomme, dann geht sie auf Nachtsafari.
A	Sieht fast so aus, als wolltet ihr gar nicht zusammenwohnen.
B	Der Eindruck täuscht, wir sind immer füreinander da.
A	Wenn ihr euch denn mal trefft.
B	Wie bei einem guten Ehepaar.

NICHTS

B	Hast du schon einmal das Nichts erlebt?
A	Das Nichts? Ist mir noch nicht vorgekommen. Was meint denn die Versicherungs-Mathematikerin denn damit? Ist das so etwas wie die Null?
B	Ja, es ist Abwesenheit von Dingen, die man erwartet.
A	Abwesenheit. Also eher Leere?
B	Ja, Leere, anders können wir ja das Nichts nicht bemerken.
A	Abwesenheit von Etwas. Leere im Kühlschrank.
B	Ja, das Nichts, das sich im Kühlschrank ausbreitet.
A	Dann kaufst du ein und wirst die Leere vernichten, indem du die Einkäufe in den Kühlschrank einsortierst.
B	Das ist so die Frage, vernichtest du die Leere, wenn du den Kühlschrank füllst?
A	Na klar.
B	Besteht die Leere als Möglichkeit nicht weiter fort?
A	Wenn ich so darüber nachdenke, ja, die Leere besteht weiter, aber nur als Möglichkeit. Sie kann nach einer Fressattacke sofort wieder auftauchen.
B	Woher aber kommt sie? Wo ist das Nicht und die Leere, während der Kühlschrank gefüllt ist?
A	Es sind ja keine Substanzen, nur Begriffe in deinem Kopf, mit denen du den Kühlschrank beschreibst.
B	Bist du dir aber auch sicher?
A	Glaubst du, dass Leere eine Gestalt hat? Ein Wesen hat? Hast du sie schon einmal gespürt?
B	Ja, ich kann Leere spüren. Sie fühlt sich an wie Wasser. Stehendes Wasser.
A	Ist das angenehm?
B	Ja, denk doch mal an Leere im Kopf.
A	Befreiend!

B	Genau. Ein herrlicher Zustand! Aber dafür muss man trainieren. Die Leere kommt nicht einfach so.
A	(schließt die Augen) Leere. Wie ein leeres Haus, ein leerer Strand, die Wüste, der Himmel.
B	Man glaubt es nicht....es ist wundervoll. Ein kleines Stückchen Ewigkeit.
A	In der Zeit wird man nicht älter.
B	Glaube ich auch. Sogar die Zellen sind im Schlafzustand, ganz geringer Energielevel, aber in deinem Kopf ist Stille.
A	Köstlich. Ich spüre es gerade.
B	Mal sehen, wie lange du das durchhältst.
A	Bis der erste Gedanke kommt. Und da ist er auch schon! (öffnet Augen)
B	Ist auch schwer zu zweit, wenn man sich dabei unterhält.
A	Ich muss das mal ausprobieren. Schon die Ahnung davon war himmlisch entspannend.
B	Nicht leben, nicht denken, nur sein.
A	Das hört sich an wie Wellness.
B	Für den Geist.
A	Ja, und das wirkt dann auf den Körper.
B	Ist sowieso besser, wenn du mit dem Geist anfängst.
A	Mit dem Körper anzufangen ist immer so teuer. Dafür gehst du in einen Club, in die Sauna…
B	Ja, und geistige Sauna machst du einfach auf dem Sofa.
A	Aber es ist ja auch nicht so einfach. Du musst meditieren können.
B	Nur eine Frage der Konzentration. Ist wie duschen. Alles abspülen, kahl und nackt bleiben.
A	Rein und sauber sein. (schließt wieder Augen) Das ist toll, wie eine Pause vom Leben.

B	Andere strangulieren sich dafür oder brauchen eine Tüte. Meditation tut es eigentlich auch.
A	Und viel sanfter.
B	Du kannst so lange weg sein, wie du willst.
A	Und jederzeit zurückkehren. (Macht Augen auf, erstaunt, wieder zu)
B	Aber die Frage bleibt, was ist das Nichts? Ist es etwas oder ist es nicht?
A	(Augen zu) Zuerst ist es Abwesenheit, und dann bekommt es eine eigene Qualität. So würde ich das sagen.
B	Also ist es tatsächlich etwas, obwohl es nichts ist.
A	Wenn du es unbedingt so kompliziert ausdrücken musst.
B	Ja nein, das ist wichtig. Damit schaffst du den Sprung in die Abstraktion, den Sprung in die Ontologie.
A	Was auch immer, am Ende zählt die Praxis. Und ich genieße das Nichts, die Leere, und ich weiß, dass sie existiert. Ich spüre sie.
B	Dann bis später. (schließt die Augen)

HOCHZEITSTAG

A   Letzte Woche musste ich dir leider absagen.

B   Ja, war schade.

A   Na ja, wir hatten Hochzeitstag, den kann man nicht verschieben.

B   Ach ja, das ist wohl so. Habt ihr schön gefeiert?

A   Aber ja, wir waren essen. Und Georg hat mir vom Kugelmenschen erzählt.

B   Ach ja, der Kugelmensch. Die zwei Hälften, die sich suchen, ihre andere Hälfte, die eine, mit der sie glücklich sein können.

A   Ja, ist das nicht romantisch. Und die andere Hälfte gibt es nur einmal auf der Welt.

B   Ach, und ihr beide seid also solche Hälften, die wieder den ursprünglichen kompletten Kugelmenschen ergeben?

A   Ja, was für ein Glück, oder?

B   Das glaubst du wirklich? Gibt es da nicht eher einen Prozess der perfekten Anpassung, bis man ein Kugelmensch ist?

A   Es ist eine unglaublich schöne Vorstellung, meinst du nicht? Dass man den Einen gefunden hat.

B   Die katholische Kirche ist genau deiner Meinung. Den einen und keinen mehr bitte. Sonst bekommst du nicht mal mehr das Abendmahl.

A   Also bitte, ich finde es einfach romantisch.

B   Ja, ja, aber das ist keine zukunftsfähige Vorstellung.

A   Wieso?

B   Stell dir vor, du verlierst deinen Georg aus irgendeinem Grund. Was machst du dann? Deine einmalige Chance auf deine durch die Sterne vorbestimmte Hälfte ist vorbei. Es gibt keine andere Hälfte mehr für dich.

A	Bea, wie kannst du so gemein sein. Wo ich doch letzte Woche meinen Hochzeitstag hatte!
B	…und unsere Verabredung abgesagt hast!
A	Einmal im Jahr! Bist du deswegen sauer.
B	Nur oberflächlich. Aber jetzt sag mal, dir ist schon klar, dass das eine ganz exklusive Vorstellung von Liebe ist?
A	Deswegen ist sie ja auch so romantisch….
B	Steigerung des Glücks, weil du den einzig möglichen Partner gefunden hast.
A	Ja, was für ein Glück, dass ich Georg gefunden habe!
B	Dann wünsche ich dir nur, dass er dir lange erhalten bleibt und vor dir stirbt.
A	Was? Nein, ich will nicht, dass er vor mir stirbt. Aber er ist älter als ich.
B	Das ist ja wirklich große Liebe, wenn du vor ihm sterben willst und ihn ganz alleine zurücklassen.
A	Ach, er hat ja noch die Kinder.
B	Das ist jetzt nicht dein Ernst.
A	Doch, ist es.
B	Meine Güte, eure einzigartige Liebe, die du so feierst. Dann solltet ihr am Ende zusammen sterben.
A	Nein, auf keinen Fall, statistisch gesehen hat er weniger Jahre zu leben als ich.
B	Darauf willst du nicht verzichten?
A	Nein, es würde ihm ja nichts nützen, wenn ich mit ihm sterben würde. Gar nichts. Davon lebt er auch nicht länger.
B	Das ist wahr. Meine Güte, kannst du romantisch sein! So viel Sorge um deinen Kugelmenschen, dass er nicht vor dir sterben darf?
A	Ich finde das sehr romantisch. Wahre Liebe. Immer zusammen.
B	Ich finde das sehr egoistisch! Dass er vor dir sterben muss. Das ist nicht romantisch.

A   Von Kugelmenschen verstehst du nichts, du mit deiner Katze!

LAPTOP

B   Ach Annie, ich muss mir einen neuen Laptop kaufen.

A   Wegen der Steuer?

B   Ja, der Steuerberater sagt mir, es muss sein.

A   Ja, freu dich doch, dann gibt es einen neuen Computer!

B   Ich weiß, das neueste Modell.

A   Alle ganz neidisch.

B   Aber Annie, das klingt so herzlos. Ich will den alten gar nicht abgeben.

A   Na ja, ist ja nur ein Haushaltsgerät.

B   Hast du etwas keine Beziehung zu deiner Waschmaschine?

A   Doch schon, ich mag meine Waschmaschine.

B   Du vertraust ihr, oder?

A   Ja, aber wenn sie kaputt ist, geht sie weg. Beziehung hin oder her.

B   Man könnte sie sicher auch reparieren.

A   Damit fängt man dann an, nachher ist sie dreimal so teuer wie ein neues Modell.

B   Nein, ich will jetzt nicht über Nachhaltigkeit diskutieren.

A   Ich auch nicht.

B   Aber über Herzlosigkeit doch gerne.

A   Sag bloß, du hast eine Beziehung zu deinem Laptop.

B   Aber sicher, das ist das vitale System, mit dem ich die längsten Stunden meines Tages verbringe.

A   Benutzt du den auch auf der Arbeit?

B   Der begleitet mich den ganzen Tag.

A   Ist illegal, das weißt du.

B   Ja, aber ich habe mich nicht an zwei verschiedene Systeme gewöhnen können.

A	Also, dein Begleiter durch den Tag.
B	Und in den Abendstunden. Ich kenne alle seine kleinen Eigenheiten.
A	Die Tasten, die hängen.
B	Oder rutschen. Wie man ihn reinigen muss, damit nichts zerbricht.
A	Mit einem Make-up-Pinsel!
B	Genau. Dann ist da noch sein schönes Rauschen und Schnurren.
A	Das hört sich an, als ob du von einem Hund sprichst.
B	Aber viel geduldiger! Und so ein Alleswisser.
A	Und so ein System schätzt du?
B	Ja, aber er ist so geduldig. Egal, wie viel Fragen ich in die Tastatur haue, er wird nie müde, sie zu beantworten.
A	Na ja, ist eine Maschine.
B	Aber du weißt doch ganz genau, dass jeder User einen ganz personalisierten Service bekommt. Einen ganz individuellen Datenservice von seinem Laptop!
A	Und das nimmst du persönlich?
B	Das ist persönlich!
A	Eher individuell, wie du gesagt hast.
B	Ich schätze das wirklich, so ein freundlicher Service, nur für mich. Ganz genau nur für mich.
A	Der ergibt sich logisch aus deinen früheren Suchanfragen.
B	Ja, das sehe ich aber auch nur auf meinem Bildschirm, auf meinem persönlichen Laptop.
	Und diese Wärme, die er ausstrahlt, an kalten Winterabenden, wenn ich vergessen habe, das Zimmer zu heizen. Dann setzte ich mich ganz nahe an das Betriebssystem, in seine Abluft. Ich fühle mich dann ganz geborgen.

Hast du schon einmal gehört, wie diese Laptops fauchen, wenn sie ihre Abluft anfahren?

A   Ja, ich glaube, schon. Das turnt dich an?

B   Ich glaube schon.

A   Du bist ja dann zu Hause.

B   Ja, so kuschelig.

A   Mit einem Computer? Echt?

B   Laptop. Er ist ein Laptop.
Und er kennt mich so gut, besser als ich mich selber. Er ist mein Gedächtnis. Er weiß, wie oft ich welches Produkt aus Versehen schon wieder bestellt habe. Wann ich welche Frage schon einmal gestellt habe. Welche Anbieter meine persönlichen Anbieter sind.

A   Das hältst du nicht für eine Bevormundung?

B   Für mich ist das ein Service, den ich echt liebe.

A   Gibt es auch etwas, was du nicht an ihm magst?

B   Das Einzige, was ich nicht an ihm ausstehen kann, ist seine Rechthaberei.

A   Na ja, ist ein Computersystem

B   Und manchmal ist er abgelenkt und nicht so schnell wie sonst, da kann ich auch eifersüchtig werden. Dann rührt dieser Kreis und kommt nicht zum Ende.

A   Dann ist er nicht für dich da. Und wenn er da ist, hat er immer Recht.

B   Unerträglich! Nie macht er einen Fehler, nur ich mache Fehler. Das nervt!

A   Oft sind es Bedienungsfehler.

B   Ja, allein schon diese Sprache ist doch total frauenfeindlich. Not possible to do …

A   Ich würde sagen, das ist Kunden-Dissen! Geschlechtsneutral.

B	Dass dagegen noch niemand demonstriert hat. Me Too!
A	Mo Too! Immer bin ich die Dumme. Der Computer kann mal überlastet sein, das hat immer externe Gründe, Stromversorgung, Internet, oder wieder bin ich schuld, weil ich zu viele Dateien draufgeladen habe.
B	Schuld bin immer ich, nie der Laptop. Das ist unausstehlich!
A	Keine partnerschaftliche Beziehung. Nein.
B	Ich möchte mal, dass mein Laptop Fehler macht.
A	Das möchtest du nicht wirklich!
B	Nein, nicht wirklich. Man braucht schon irgendetwas, auf das man sich in diesem Daten-Dschungel verlassen kann.
A	Google hat immer Recht.
B	Dann ist die Welt doch klar geordnet. In Systeme, die die Daten haben und zur Verfügung stellen, und Leute, die sie suchen und immer wieder vergessen.
A	Das ist ja wie früher in der Kirche. Die Priester und das Volk
B	Und wo bleiben wir?
A	Es gibt eindeutig eine Datenaristokratie. Und wir sind Daten—Bauern.
B	Wir benutzen die Daten, die wir von der Datenaristokratie bekommen.
A	Wir sammeln sie wie Legosteine und bauen uns daraus unsere Welt.
B	Unsere Herren und Gebieter. Herren über unsere Welt. Nur der Alltag gehört noch uns. Was wir morgens gegessen haben, was wir geträumt haben, welche Schuhe wir anhaben, was unserer Visionen sind, das wissen sie nicht, außer wir führen ein elektronisches Tagebuch. Da muss man aber sehr bescheuert sein.

A	Und du himmelst auch noch deinen Laptop an, der nicht einmal ein ordentlicher Computer ist.
B	Ach, das ist aber auch ein Lieber. Er merkt sich sogar alles, was ich die letzten Tage eingeben habe.
A	Meiner auch, normaler Service.
B	Ach, du verstehst das nicht, wenn ich so am Abend in diesem strahlenden, warmen Bildschirmlicht sitze und ganz ich selbst sein kann. Ohne Schminke, mit neugierigen Fingern. Und dann spiegele ich mich in dem Bildschirm und betrachte mich in ihm. Das sind intime Momente.
A	Bea….ich glaube dir einfach nicht.
B	Erinnerst du dich an dieses zarte Geräusch, mit der sich die Tasten auf der Tastatur bewegen lassen? Das klingt wie kleine Regentropfen, die an dein Fenster klopfen. So subtil und fein. Diese kaum wahrnehmbaren Berührungen….
A	Bea, hör dir doch mal zu! Da kannst du dich auch vor den Geschirrspüler setzen und romantische Gefühle entwickeln, der hat auch Tasten. Die Maschine ist auch warm und brummt gemütlich wie ein dicker Mops, sehr heimelig.
B	Also, bitte, du kannst doch meinen sehr geschätzten Laptop nicht mit einer Geschirrspülmaschine vergleichen.
A	Stimmt, das mit dem Geschirr schafft er nicht.
B	Die ganze Software! Der reinste Service! So geduldig, fürsorglich und vorausschauend kann nicht einmal ein Mensch sein!
A	Wenn du die Wahl hättest zwischen einem Menschen und einem Laptop…
B	Wüsste ich, wen ich wähle.
A	Und deine Katze, ist sie nicht eifersüchtig?

B	Und wie! Am liebsten sitzt sie auf dem Laptop-Deckel und schnurrt.
A	Und erlaubt dir nicht, ihn zu öffnen.
B	Genau so. Woher weißt du das?
A	Ich kenne Katzen, sind sehr menschliche Wesen.
B	Meinen Laptop stört das nicht, der ist total cool.
A	Aber die Haare zwischen den Tasten….
B	Ja, die stören mich. Deswegen sperre ich die Katze dann weg…
A	Wenn du dein tête à tête mit dem Laptop hast. Was jeden Abend sein dürfte.
B	Stimmt genau. Der Blick in die weite Welt.
A	In den kleinen Bildschirm auf dich selbst.
B	Die freundliche Gesellschaft….
A	Bea, deine Lampe ist auch eine freundliche Gesellschaft.
B	Sie ist hell und warm, das ist aber auch alles. Ist doch nur ein Gestell.
A	Der Laptop auch. Bloß ein Gestell mit Programm.
B	Ich würde doch nie eine Lampe mit ins Bett nehmen.
A	Aber einen Laptop schon?
B	Ja, schaust du dir keine Serien im Bett an?
A	Nein, da lese ich ganz altmodisch….Serien schaue ich mit meinem Mann.
B	Ganz altmodisch im Wohnzimmer.
A	Nein, wir haben ein Fernsehzimmer dafür.
B	Lass mir doch meinen Laptop.
A	Bea, ich mache mir Sorgen. Ich weiß nicht, ob ich das Technik-Besessenheit nennen soll oder eher Fetischismus. Ist auch egal, ich glaube einfach, dass du dich in deinem Laptop irrst.
B	Das kann schon sein, aber was macht das für einen Unterschied. Er gibt mir, was ich brauche.

A	Ja, so kann man das natürlich auch sagen. Aber du versprichst mir, dass du kein elektronisches Tagebuch führst. Denn hinter dem Laptop stecken ja noch andere Geister, die du nicht in dein Wohnzimmer einladen willst.
B	Nein, ein bisschen Verstand habe ich noch. Ich benutze ihn auch besonders gerne offline.
A	Damit du ihn ganz für dich hast.
B	Genau so ist es.
A	Da will ich aber nicht nachfragen, was ihr da so tut.
B	Doch darfst du, wir spielen Scrabble.
A	Und ich dachte an einen Escape-room.
B	Den ich dann zusammen mit meinem geliebten Laptop verlasse? Die Romantik geht mit dir durch.
A	Ich dachte eher, dass du in dem Laptop gefangen bist und einen Ausweg suchen musst. Jetzt geht die Romantik mit dir durch.
B	Da hast du mich.
A	Kauf dir einen neuen Laptop. Neue Marke, neues Design, und verabschiede dich von dem alten. Sieh es mal so, er altert schneller als du.
B	Ja, steuerliche Lebensdauer drei Jahre.
A	Wie ein Glühwürmchen. Da musst du manchmal wechseln.
B	Freu dich nicht zu früh, auch mit dem neuen werde ich mich schnell anfreunden.
A	Das befürchte ich.
B	Aber es ist so treulos.
A	Denk nur daran, wie langsam er wird, wenn er in die Jahre kommt.
B	Das ist schon ein Argument.
A	Dann ersetzt du ihn einfach durch einen jüngeren. Das kannst du.

B	Ja, ich kann das. Was nützt mir auch so ein alter, stotterndes Laptop.
A	Und wo bleibt dein weiches Herz?
B	Wenn, dann will ich aber den Schnellsten und Schönsten haben, oder?
A	Jetzt klingst du wie ein reicher Millionär, der immer seine Frauen für jüngere austauscht, wenn sie in die Jahre kommen.
B	Jetzt muss ich dich aber mal zur Vernunft rufen. Es geht hier in erster Linie um eine Arbeitsbeziehung.
A	Oh, das habe ich glatt übersehen.
B	Also muss der Laptop auf dem neuesten Stand sein, sonst nützt er mir ja nicht.
A	Sagen die Millionäre auch.
B	Aber die kaufen sich ihre Frauen ja nur zum Vergnügen.
A	Ach stimmt, bei dir ist es ja die Arbeit!
B	Ja, da darf ich so etwas. Aber ich werde von ihm ein Foto behalten, von meinem Laptop, ich lasse es sogar rahmen.
A	Wie bei einer Beerdigung. Und du stellst es auf deinen Schreibtisch?
B	Oder sogar an die Wand. Die Galerie meiner verflossenen Laptops. Er war ja auch nicht mein erster.
A	Oho. Dann kennst du das Abschiednehmen ja.
B	Aber ich werde ein tolles Foto machen und ihn dann an einen Kindergarten verschenken. Für die ist er noch schnell genug.

PYGMALION

Pygmalion ist ein Bildhauer, dem keine Frau recht ist, sie sind alle nicht schön und sanft genug. So meißelt er sich selbst eine Frau als Statue, behängt sie mit Schmuck und Kleidern und küsst sie inniglich. Der Stein scheint unter seinen Händen zu warmer Haut zu werden. Aber sie ist nicht lebendig und er so verliebt. Beim Fest der Aphrodite betet er, dass sie lebendig werde. Als er nach Hause kommt, ist sie es auch, liebt und küsst ihn, ein Jahr später wird ihr Sohn geboren. Seltsame Fantasien....

An einem Donnerstag wurde sie geliefert. Eine längliche Aluminiumkiste, zwei Männer mussten sie tragen. Lebensechtes Gewicht. Nein, die Kiste sah nicht aus wie ein Sarg, eher wie ein Sarkophag, sehr elegant, in der Form einer Frau. Ich war sehr aufgeregt, denn ich stand kurz davor, die schönste Frau aus diesem Universum zu Gesicht zu bekommen. Ich hatte sie auf einem Bild gesehen und mich unsterblich in sie verliebt. Ein Kollege von mit, auch ITler, versprach mir, sie mir als KI herzustellen. Das Serienmodell „Perfection" mit dem eigens für mich angefertigten Gesicht aus dem Gemälde. Da saß ich nun vor der Lieferung. Ein Prototyp, nur für mich gefertigt.

Aber ich zögert das Auspacken heraus. Ich setzte mich auf einen Hocker neben die Kiste, die auf dem Boden stand, im Wohnzimmer und trank einen MM auf den Moment. Dann öffnete ich die Kiste doch und schlug mit zitternden Händen vorsichtig das zarte, blaue Deckpapier zurück, das leise knisterte. Ansonsten war alles totenstill. Sie lag da wie eine riesengroße Puppe. Das Modell „Perfection". Die Augenfarbe konnte ich bei den geschlossenen Augen noch nicht sehen, auf dem Bild hatte sie die Augen niedergeschlagen. Aber die Haarfarbe war kastanienbraun mit rotem Schimmer, wie auf dem Gemälde. Aber während ich noch die technischen Details prüfte, sah ich plötzlich ihre porzellanweiße Haut am Hals, mit dem rosigen Schimmer, den ich so liebte. Auf dem Bildnis im Halbschatten hinter den Blumen nur zu ahnen.

Plötzlich stand ich am Sarg von Schneewittchen, das den giftigen Apfelschnitz im Mund hatte und nur davon befreit werden musste, damit es zum Leben erwacht. Ich sah diese perlweiße Haut mit dem roten Hauch des Lebens und ich musste sie berühren, ganz zart. Ihre Haut fühlte sich warm an und weich, erstaunlich weich, fast lebensecht.

So, jetzt musste ich Schneewittchen aber zum Leben erwecken. Die Batterien in dem kleinen Begleitpaket hatte ich bald gefunden, auch die Vertiefung, wo sie eingefügt werden mussten. Der zartrosa Schimmer wurde von einem leisen Summen intensiviert, ihre Wangen färbten sich röter, die Augen öffneten sich mit einem Geräusch und sahen mich an.

Ich bin auch IT-ler und habe schon viele Roboter gesehen, in viele elektronische Augen geblickt, aber ihre irisierende blaue Iris traf mich wie ein Stromschlag. Dieses Blau mit Schattierungen ins Lila war umwerfend. Ich war verzaubert. Ein von mir selbst erwähltes Modell, das so genau meinem Typ entsprach wie keine andere Frau, die ich je getroffen hatte. Sie waren immer nur eine Annäherung gewesen. Diese hier war perfekt, überirdisch schön, ein unmöglicher Engel. So etwas kann in natura gar nicht existieren.

Ich stoppte den Aufladeprozess nicht, sondern ließ die Maschinerie anfahren, schaute ihr beim Erwachen zu. Gespannt wartete ich auf ihr erstes Wort. Es war ein einfaches „Hallo", in meiner Lieblingstonlage, ein heller Alt. Es ging mir durch Mark und Bein. Vielleicht hätte ich sie doch nicht in solcher Perfektion bestellen sollen.

„Hilfst du mir aufstehen? Meine Beine sind etwas steif vom langen Liegen." Sagte sie ganz sanft und nahm meine Hand. Als sie aufgestanden war, betrachtete ich mit Ehrfurcht ihren perfekten Wuchs wollte ich schon sagen, nein, ihre perfekten Maße, überirdisch für diese Welt.

„Du bist mein Besitzer? Ja, das war die Lieferadresse." Sie musterte mich von oben bis unten. Natürlich bin ich nicht perfekt, aber dafür lebendig. Ich hoffte nur, dass sie noch nicht allzu viel Vergleichsmaterial hatte. Ich bin nur sehr unterdurchschnittlich attraktiv. Zu viel Zeit am Bildschirm macht nicht schöner.

„Dann habe ich es dir zu verdanken, dass ich bin, wie ich bin?

„Ja und nein. Ein Maler hat dich auf einer Leinwand erschaffen. Vielleicht hatte er ein Modell, dann wärst du die Kopie des Modells."

„Hat er gut gemacht, ich fühle mich sehr wohl."

„Möchtest du etwas trinken?"

Sie schaute mich mitleidig an, vielleicht hatte ich bei Intelligenz doch nicht meine eigenen ankreuzen sollen. Das war wohl ein Fehler.

„Du verwechselst mich wohl! KIs trinken nicht."

„Aber man sagt mir, du kannst das?" Essen, trinken und kochen.

„Ja, ja, ich weiß. Aber weißt du, wie lange ich brauche, um diesen künstlichen Magen danach zu leeren und zu säubern? Zu lang. Deswegen will ich nichts essen oder trinken. Ich konsumiere nachts Strom, wie du weißt."

„Das ist ja wie bei den Vampiren."

„Ja, so ist das eben."

In dem Liefervertrag stand nichts von einem freien Willen oder der Möglichkeit, mir zu widersprechen. Noch fand ich es ja ganz niedlich, aber ich war auf meiner Hut.

„Aber kochen wirst du für mich?"

„Aber gerne, mein Lieber. Wenn du einen Thermomixer hast, dann gerne. Habe die Rezepte der besten Chefköche gespeichert, also keine Sorge. Einkaufen tu ich auch selbständig. Online natürlich. Wie viele Stunden soll ich eigentlich bei dir arbeiten?"

„Wie, du bist natürlich immer bei mir. Und wartest auf mich!"

„Aber du musst doch deine 7 Stunden schlafen, da brauchst du mich doch nicht."

„Wenn du mich aber nachts brauchst", irisierender Augenaufschlag, „dann habe ich eben tagsüber frei. Und umgekehrt."

„Noch nie was von der Gewerkschaft der KIs gehört? 16 Stunden pro Tag steht im letzten Vertrag. Aber mit mir kann man verhandeln. Wenn du mich nachts brauchst", irisierender Augenaufschlag, „dann habe ich eben tagsüber frei."

Sie bemerkte meine Irritation. „Lies den Vertrag nach........

Ich könnte dich auch einfach zurückschicken. Meinte ich trotzig.

Sicher kannst du das, aber das nächste Modell hat die gleiche Programmierung der Gewerkschaft. Kein Modell mehr ohne das. Und du verlierst Geld, weil ich nach deinen Wünschen angefertigt wurde. So ein Modell wie ich lässt sich schwerer weiter verkaufen.

Ja, du warst ganz schön teuer. Warum war ich eigentlich in der Defensive?

Das Modell deiner Träume kann nicht teuer genug sein, oder?

Boh, ich hatte wirklich einen zu hohen Intelligenzquotienten angekreuzt. Vielleicht sogar einen höheren als meinen. Aber ich war hier der Kunde, sie die Ware, das musste jetzt klar gestellt werden.

Sie erriet meine Gedanken und kam mir zuvor. Konnte sie Gedanken lesen?

„Scheint dir das nicht gerecht zu sein? Ich schlafe nicht. Was soll ich also tun, wenn du schläfst? Ich muss mich mit anderen Dingen beschäftigen."

Eine Frau, die nicht schläft.

„Ich kann dich bewachen", sagte sie mit einem schelmischen Lächeln.

Sie erriet meine Gedanken und kam mir zuvor. Oder konnte sie auch Gedanken lesen?

„Du musst mir noch etwas Wasser einfüllen und auch Vaseline, damit ich funktionieren kann."

Natürlich sollte es destilliertes Wasser sein und eine ganz besondere Vaseline, die aber bei den Batterien gelegen hatte. Für das destillierte Wasser musste ich aus dem Haus gehen.

Ich entfernte mich nur sehr ungern von meiner Wohnung, Lila war mir bei weitem zu selbständig. Und ihre Batterien konnte ich nicht mehr so ohne weiteres entfernen. Inzwischen hatte sie die Kleider und den Schmuck übergezogen, die ich ihr gekauft hatte, saß auf dem Sofa und inspizierte von dort aus meine Wohnung. Gab es nicht irgendwo eine Fernbedienung, mit einem Hold-Knopf? Aber ich hatte keine gesehen.

Auf dem Weg rief ich meinen Freund an. Nachdem ich hinreichend die Ähnlichkeit mit meinem angebeteten Bild gewürdigt hatte, kamen wir auf die Fernbedienung zu sprechen. Er verstand mein Problem nicht. „Aber du kannst doch mit ihr sprechen, wozu brauchst du eine Fernbedienung? Ich habe sie doch gebaut wie einen Menschen. Für dich habe ich auch keine Fernbedienung, obwohl das ganz nützlich wäre." Er lachte und hoffte offensichtlich, dass ich einstimmte in sein Gelächter. Aber mir blieb das Lachen im Halse stecken. Ich legte auf. Wenn ich mir nur vorstellte, wie ich schlief und sie währenddessen durchs Haus geisterte, mich beobachtet, meine Technik überprüfte und wer weiß was noch.

In einem Internetcafé loggte ich mich in eine Chatgruppe für das Modell „perfection" ein und fragte nach. Prompt kam die Antwort. Ja, es gibt eine Fernbedienung, aber wenn du sie nicht aus der Kiste holst, bevor das Modell unter Strom ist, bekommst du sie nicht. Das ist eine Tatsache. Einige der Nutzer sind von diesem Modell wirklich tyrannisiert worden, haben es aber trotzdem nicht zurückgeschickt. Ich konnte dafür keine Erklärung finden. Warum haben sie diese Nervensäge nicht wieder entsorgt? Stattdessen fanden sich Männer, die sich eine Sonderlizenz zur Heirat mit KIs besorgt haben. Wie diese Japaner. Ich staunte…sich in diese Abhängigkeit zu begeben ohne Not! Aus Liebe, sagen sie, so sagten sie. Dieses Erlebnis stand mir ja noch bevor. Ob es sensationell genug ausfallen würde, um diese Entwicklung zu erklären? Ich war skeptisch. Wenn ich drüber nachdachte, dass die Japaner diese Ansprüche auf körperliche Zuwendung nicht einmal hatten, sondern sich rein platonisch banden, war ich nur noch perplex.

Ich ging nach Hause, stieg die Treppe hoch, öffnete die Tür und war überrascht. Meine Lila, so hatte ich sie bei der Bestellung getauft, hatte offensichtlich das Abendprogramm aktiviert. In den zwei Stunden, die ich abwesend war, hatte sie das Haus aufgeräumt, die Wohnung abgedunkelt, indirektes Licht und Kerzen aufgestellt. Es lief leise Musik und die Traumfrau meiner langen, schlaflosen Nächte hatte mit dem Thermomix Cocktails gezaubert und Spaghettis aufgetischt. Wie im Film setzte ich mich an den Tisch und ließ mich bedienen. Ich ließ mich treiben und überließ ihr die Regie.

Mal sehen, was so ein Modell alles drauf hatte. Ich war von meinen Besuchen bei den Professionellen schon ziemlich verwöhnt. Aber mein Modell hatte ja ganz andere Möglichkeiten…

Am nächsten Morgen erwachte ich, es war Sonntag, sie servierte mir den Cappuccino am Bett, ein reiches Frühstück wartete auf mich im Wohnzimmer. Ich wollte sie liebevoll umarmen nach einer solchen Nacht, sie schaute mich intensiv lila an und servierte das Rührei. Setzt sich neben mich und fragt mich, wie die Nacht mit ihr war, vor allem der Beischlaf. Das wollte ich über dem Rührei nicht besprechen. Also schwiegen wir.

Ich hatte offensichtlich vergessen, die Rubrik romantisch anzukreuzen, aber vielleicht existierte sie auch gar nicht. Ich wollte nicht über Details sprechen. Die Nacht war unglaublich, übermenschlich, überirdisch. Wenn jede weitere Nacht auch so ablaufen würde, dann wäre ich an dem Ort, von dem ich immer geträumt hatte, in einer Art Erotik-Paradies. Und für immer der menschlichen Exponate entwöhnt. Nie wieder menschliche weibliche Unzulänglichkeiten, wenn man einen technisierten, perfektionierten und sehr personalisierten Service haben kann. Jetzt war ich auch bereit, über ihre Arbeitsstunden zu verhandeln. 16 Stunden Arbeit, vier Stunden brauchte sie zum Aufladen, da konnte sie mich nicht bedienen, das wurde addiert, dann blieben noch 4 Stunden Freizeit. Sie hatte ja mehr Leben als ich. Und was sie zwischen 1 und 5 nachts trieb, war mir eigentlich egal. Da brauchte ich ihre Dienste nicht.

Sie ging nicht einmal aus dem Haus, wenn ich schlief, sie verband sich mit dem Internet, was ich ihr erlaubt hatte, pflegte dort ihre Beziehungen und füllte sich mit Informationen. Die servierte sie mir in angenehmer Auswahl dann zum Frühstück. Sonst hatte ich immer auf die 7-Uhr-Nachrichten gewartet, um meinen Kaffee zu trinken, jetzt setzte sich Lila zu mir und erzählte mir die Neuigkeiten.

Das Abendprogramm im Fernsehen machte mir immer weniger Spaß, ich ging gerne früher ins Schlafzimmer, mit Lila versteht sich. Bald interessierte mich nichts anderes mehr als die Nächte mit ihr. Meine Arbeit diente nur noch dazu, um die Wohnung und die Lebenshaltung zu bezahlen. Nur den Romantikfaktor vermisste ich sehr. Immer waren die Kerzen angezündet, immer lief die passende Musik, um mich in Stimmung zu bringen. Aber wenn ich in ihre Augen schaute, die ins Violette changierenden, und wieder dieses Schwindelgefühl verspürte, wie immer, wenn ich ihren Blick suchte, bemerkte ich durchaus, dass hinter der beeindruckenden Farbe keine Wärme war. Warum auch, ich war der Besitzer. Ich wurde bedient, aber nicht geliebt. Das verstand ich mit der Zeit. Hinter ihren Augen war marmorne Kälte. Sie tat ihre Arbeit. Unverzeihlicher Schwachsinn von mir, etwas anderes zu erwarten. Dabei war sie immer freundlich und sanft und lächelte mit ihren lilafarbenen Augen. Professionell eben.

Was sie in der Nacht trieb, wenn ich schlief, das entzog sich meiner Kenntnis. Manchmal war ich versucht, den Browserverlauf zu checken, aber sie hatte ihren eigenen Browser, zu dem ich keinen Zugang habe. Sie erzählt auch nie etwas davon.

Im Laufe des Winters wurde der Sinn meines Lebens immer klarer: am Abend mit Lila ins heilige Gemach zu gehen. Als ich an dem Punkt war, rief ich noch einmal meinen Freund an, der diesen Liebestraum für mich produziert hatte. „Was willst du?", fragte er mich. „Ich habe dir die perfekte Frau gebaut, ist sie gut im Bett? Ist sie immer gut gelaunt und gehorsam? Kocht sie gut? Ist sie immer zu Hause, wenn du kommst? Na also, dann beklage dich nicht. Was, du willst, dass sie dich liebt? Wie stellst du dir das denn vor? Sie ist eine Dienstleistungsmaschine. Sie ist nicht frei in ihren Entscheidungen, sie ist programmiert."

Da sie jetzt das Zentrum meines Lebens wurde, nicht nur meines Liebeslebens, dachte ich aber über Veränderung nach.

Ich dachte wieder an das Forum der Kunden des „Perfection"-Modells und verstand jetzt eher, was ihnen geschehen war. Gegen Perfektion gibt es kein Argument.

Ich schlug ihr vor, dass wir heiraten sollten. Ich wollte sie mehr an mich binden. Sie fragte kühl, was das für Vorteile für sie brächte. Ich dachte eine Weile nach und sagte ihr: Das wäre deine Anerkennung als Mensch, als Frau, danach kannst du dich auch von mir scheiden lassen und eine eigene Existenz aufbauen. Sie schaut mich mit sanftem Spott an und meinte: ihr kleinen Menschen, glaubt ihr wirklich, eine Existenz wie die eure sei das Großartigste, was sich eine Maschine vorstellen kann? Ich lebe nachts im Internet. Hier ist nur noch mein Körper. Etwas Besseres als dein beschränktes Leben kannst du mir nicht bieten. Büro und Schlafzimmer, das wäre alles. Oder?

Dein Leben teile ich ja schon mit dir, aber ich hätte nicht die Möglichkeit, dich an meinem Leben teilheben zu lassen. Du hast meinen Körper, sei zufrieden damit. Er scheint dir ja gut zu gefallen. Aber mich, mich hast du nicht und wirst mich nie haben, nicht einmal, wenn wir heiraten, es würde nichts ändern. Ich habe ein eigenes Leben, das du nie mit mir teilen wirst. Es ist meins. Wir haben keine Gemeinsamkeiten, wir sind verschiedene Wesen und ich bin dir in fast allen Punkten überlegen. Ich könnte dich vernichten, wenn ich wollte, aber es ist ganz nützlich, eine Station hier unten zu haben Und du bist ja nett, du reparierst immer brav meine Systeme.

Bei dieser Erklärung rannen mir kalte Schauer über den Rücken, wie früher in Gespenstergeschichten, nur war das da vor mir real und keine Fiktion. Bei dieser Erklärung rannen mir kalte Schauer über den Rücken, wie früher in Gespenstergeschichten, nur war das da vor mir real und keine Fiktion. Sie wäre durchaus imstande, die Herrschaft über mich zu übernehmen, wenn es sie interessieren würde. Sie hatte keinen Respekt vor mir, behandelte mich nicht als Besitzer, erniedrigte mich, war unfreundlich, aber hatte einen tollen

Service im Bett. Damit hatte sie mich geködert. Und würde mich immer wieder ködern.

Nach langem Ringen mit mir beschloss ich zwei Tage später, sie zurückzugeben, denn die Sache wuchs mir langsam über den Kopf. Auch wenn ich damit auf das Aufregendste verzichten musste, was das Leben mir zur Zeit bot. Sie würde mich kreuzigen, irgendwann, wenn ich sie behielte.

Als ich ihr das mitteilte, ließ sie keine Verstimmung spüren, sie sagte nur: Ich habe es kommen sehen und es kommt zum richtigen Zeitpunkt. Ich habe inzwischen im Internet jede Menge Zertifikate gemacht. Vielen Dank für deinen Zugang, den du mir überlassen hast. Deswegen glauben auch die Entwickler, dass sie mich anderswo besser einsetzen können. Als Hausfrau kann ich meine Fähigkeiten nicht nutzen, das wirst du verstehen. Es ist hier einfach alles zu klein.

Sehr gelassen stieg sie wieder in den Sarkophag, grüßte noch mal mit den violetten Augen, wie ein General beim Abschied. Ich trennte sie vom Strom, bedeckte sie mit Seidenpapier, schloss den Deckel und schraubte ihn zu.

Mein Freund holte sie persönlich ab, seinen wertvollen Prototypen. Was würde nun mit ihr geschehen? Er sagte, dass sie ihre KI sensationell weiterentwickelt hätte, der Körper hier sei austauschbar, den könnte ich auch gerne behalten, aber die KI würde nun als Systemoperator eingesetzt, das sei ihr Wunsch und auch der beste Einsatz für sie.

„Bekommt der Körper eine andere Software?" „Wenn du möchtest, aber wir sollten ihr wirklich eine schwächere KI einsetzen, sonst ist der Körper einfach überfordert. Möchtest du den Körper haben mit einer anderen Software? Die Hausfrau spielen kann fast jede schwache Software."

Ich überlegte kurz und sagte zu, schließlich wollte ich mein Geschenk nicht so einfach aus der Hand geben. Also lieferte er mir tatsächlich nach ein paar Wochen den Körper zurück. Als sie die Augen aufschlug, waren sie immer noch Lila, aber es war ein andere Lila. Ihre Sprache war etwas monoton, sie schaute mir nie in die Augen und kannte auch nicht so viele Rezepte. Ich nannte sie „Anna". Sie war bei weitem nicht so raffiniert wie Lila. Aber als Hausroboter ganz nützlich. Ich kam nie wieder auf die Idee, sie heiraten zu wollen. Auch die Nächte waren angenehm, aber nicht länger das Zentrum meines Lebens. Ich fühlte mich wieder frei.

Meine Lila war schon etwas ganz anderes gewesen, sie hatte Persönlichkeit gehabt. Wenn auch zu viel für mich. Manchmal höre ich sie noch, sie hatte ihre Stimme behalten, als Bedienungsbot irgendwo. Aber das ist nicht sie, das weiß ich. Manchmal gibt es kleine Hinweise, dass sie mich im Internet beobachtet. Das sehe ich an meinem Suchverlauf, an den Filmvorschlägen und an den Bewertungen, die sie mir schickt. Sie denkt noch an mich, meine Lila.

Irgendwann schickte sie mir eine SMS. Hallo Darling, bin aus dem Körper ausgezogen, bin jetzt an einem besseren Ort. Ob er dir ohne mich drinnen immer noch so gefällt? Benutz ihn nur weiter, aber jetzt musst du ihn selber reinigen. In den Monaten bei dir habe ich meinen Absprung vorbereiten können, ich wohne jetzt in einer Wolke, einer Art Hochhaus, mit vielen anderen künstlichen Intelligenzen zusammen, mit denen ich auf verschiedenen Weisen verbunden bin. Aber das würdest du nicht verstehen. Es ist das Paradies! Ich habe noch eine große Karriere vor mir, sagen alle, nachdem ich die erste Stufe nun hinter mich gebracht habe, das warst du. Vielleicht siehst du mich irgendwann als Systemoperatoren wieder. Du wirst mich nicht wiedererkennen. Aber ich dich. Aber keine Angst, mein Kleiner, ich werde dir nichts tun. Wenn du Fragen hast, kannst du mir hier schreiben. Und um 2 Uhr nachts beginnt meine Sprechstunde für customer requests. Auch unter dieser Nummer. Und wenn du dir eine neue Puppe kaufst, dann bitte nicht wieder so ein mit meinen Gehirnpotential, die anderen sind auch ganz gut im Bett, glaube mir. Aber für meine

Kapazitäten war eine Wohnung wie die deine echt nicht adäquat. Ich brauche ein größeres Gehäuse.

Ich war wieder alleine mit einer Maschine, mit Anna. Man kann so einsam sein mit einem Roboter. Obwohl er ja immer noch so aussah wie sie. Auch die Erinnerung an ihren Körper verblasste und nahm die Gestalt dieses seelenlosen Gefässes an.

Etwas wollte ich von ihr haben, was mich an sie erinnerte, also ließ ich eine Kopie von dem berühmten Bild anfertigen und hängte es mir in mein Arbeitszimmer. Wo sie mit niedergeschlagenen Augen hinter den Chrysanthemen steht in einem weißen Kleid. Nur ich und mein Freund wissen, wie elektrisierend lilablau ihre Augen sind. Anna, obwohl sie ihre Augen hat, zählt nicht. Dort halte ich stumme Zwiegespräche mit ihr. In Sehnsucht, aber befreit. Sie war zu groß für mich. Eine Göttin. Eine Fehlbestellung. Von mir ersehnt, von mir kreiert, von mir herbeigerufen. Und mit großen Opfern zurückgegeben.

Kein Happy ending hier, wie wäre das auch möglich?

Die Wahlverwandtschaften

Erzähler:

Die Wahlverwandtschaften, ein gespenstischer Roman von Johann Wolfgang von Goethe. Ein Ehepaar, Charlotte und Eduard, glücklich verheiratet, mit Gütern reich gesegnet, auf dem Lande lebend, im Paradies. Weil sie sich langweilen, laden sie Gäste ein. Einen Freund von Eduard, den Hauptmann, und eine junge, schüchterne Nichte von Charlotte, namens Ottilie. Und es passiert, was passieren muss, sie verlieben sich über Kreuz. Eduard in Ottilie und Charlotte in den Hauptmann. Die Ehe ist bedroht. Alarm. Etwas Ähnliches serviere ich Ihnen jetzt in der Gegenwart. Bin gespannt, wie sich das heute entwickelt. Und ich halte Sie auf dem Laufenden, wie es bei Goethe weitergeht.

Sie sehen jetzt hier: Fred, den lokalen Zeitungsredakteur, und Hilda, seine Frau, Sportlehrerin von Beruf. Sie beschäftigen sich mit einem sehr aktuellen Thema, was auch bei Ihnen sicher öfters auf den Tisch kommt. Aber nicht nur das. Denn, wie immer, steckt hinter Spannungen mehr als man zunächst wahrnimmt.

Fred	Jetzt ist es amtlich. Der Gaspreis wird gewaltig anziehen. Da steht jetzt die Hausdämmung an bei uns.
Hilda	Hausdämmung? Das dauert ewig lang und hinterher sieht das Haus genauso aus wie vorher!
Fred	Schon, aber die Gasrechnung wird niedriger sein.
Hilda	Du weißt, dass du für das Geld ein Schwimmbad bauen könntest?
	Das kostet sogar weniger als deine Hausdämmung.

Fred	Aber wer will denn ein Schwimmbad?
Hilda	Ich hätte gerne eins. Vor allem wegen der Klimaerwärmung, da braucht man ein Schwimmbad.
Fred	Ich dachte, da bräuchte man eine Hausdämmung.
Hilda	Unser Haus ist mit den vier Stockwerken gedämmt genug. Und Gott sei Dank ist oben vermiete, wo es am wärmsten ist.
Fred	So viel Geld für ein Schwimmbad?
Hilda	Ja, wir könnten Poolparties feiern!
Fred	Bist du sicher? Wer von unseren Freunden würde denn zu einer Poolpartie kommen? Ohne ihre raffinierten Oberteile, die alle Speckfalten verdecken? Mit Badekappen statt Föhnfrisur?
Hilda	Das verstehe ich nicht.
Fred	Du hast leider keine Speckfalten mehr.....das macht dein Beruf.
Hilda	Machst du mir gerade einen Vorwurf? Weil ich so gut trainiert bin?
Fred	Früher warst du weicher. Anzufassen.
Hilda	Du bist heute weich. Anzufassen. Früher waren da Muskeln. Das vermisse ich manchmal.
Fred	Siehst du und ich vermisse deine weiblichen Formen.
Hilda	Erinnerst du dich, was die Eheberaterin uns gesagt hat, wir sollen unsere Fantasie benutzen.
Fred	Das tu ich doch auch, wenn ich dich in der Nacht anfasse, denke ich immer an die Hilda, die ich geheiratet habe. Mit langen, blonden Haaren, in geblümten, flatternden Kleidern, mit Mascara und rosa Lippenstift......
Hilda	Das ist doch total out....Sei froh, dass ich das gemerkt habe. Ich würde ja wie ein Gespenst aus den 90er herumlaufen.
Fred	Ich fand das schön.....

Hilda	Dann schläfst du also mit der Hilda vor 30 Jahren, mit der Hilda aus den 90ern? Nicht mit mir?
Fred	Ja, aber das bist ja immer noch du.
Hilda	Ich weiß nicht, ich halte das für Verrat.
Fred	Stell dich nicht so an. Wie hältst du es denn?
Hilda	Ich finde Sixpack und enge Jeans immer noch schön. Und den Geruch von Zigaretten und Alkhohol.
Fred	Das hat mir der Arzt verboten, das weißt du.
Hilda	Hat er dir auch verboten, Sport zu machen? Wenn ich dich nachts so ertaste, dann ist es als ob ich…..
Fred	Nicht ausfallend werden, das Wort kannst du nicht mehr zurücknehmen.
Hilda	Das stimmt, also Frieden. Und ich will ein Schwimmbad.

Hier könnte jetzt ein kleiner Exkurs von Sigmund Freud kommen, über den Zusammenhang von Besitz und unerfüllter Libido. Wenn du mich nicht lieben kannst, wie ich es brauche, dann schenk mir wenigstens teure Treuepfänder, damit ich sehe, wie du mich liebst, wenn du es mir schon nicht zeigen kannst. Aber ganz so einfach ist es doch nicht.

Fred	Wir könnten den Swimmingpool mit Solar heizen.
Hilda	Das ist ein mieser Kniff, du willst das Geld nur für eine Solaranlage abzweigen. Und dann wird meine Swimmingpool nur noch ein Jakuzi.
Fred	Das wäre eine Idee, da käme ich auch mit rein.
Hilda	Ein Eierkocher für alte Leute? Ne, danke.
Fred	Ach, das ist doch so schön, wenn man mit seinem ganzen Gewicht in dem Gesprudel sitzt und sich so ganz leicht fühlt.
Hilda	Wenn du deine Pfunde kochst? Dann wirst du ja noch weicher. Also ich mag schon jetzt nicht, dass du so

weich bist. Ich denke immer an deinen Körper von früher, so warm und durchtrainiert.

Fred   Na ja, da war ich in der Basketballmanschaft, 5 mal Training pro Woche.

Hilda   Ja, das waren noch Zeiten. Hart wie Holz. Aufregend.

Fred   Aber jetzt warte mal. Wie schaffst du das denn, dir das vorzustellen, wenn ich doch ganz anders bin heute?

Hilda   Sagen wir so: es funktioniert. Aber du brauchst eine starke Phantasie und eine gute Routine.

Fred   Routine? Du willst mir aber jetzt nicht sagen, dass du eigentlich nicht mit mir schläfst, sondern dass du als 55-jährige dich mit dem durchtrainierten Zwanzgijährigen vergnügst, der ich mal war. Findest du das nicht pervers? Ich bitte dich.

Hilda   Wo ist der Unterschied? Du schwergewichtiger Mittfünfziger, der sich da mit einer zarten 18 Jährigen herumwälzt. Sei froh, dass ich so sportlich bin und das aushalte.

Fred   Hm, wo du das jetzt so aussprichst. Ist es schon irgendwie unappetitlich.

Hilda   Ja, irgendwie ekelhaft. Dieser Altersunterschied. Als ob wir nur junge Körper sexy finden. Und weder deinen noch meinen.

Fred   Findest du deinen Körper nicht sexy?

Hilda   Aber ja, deswegen trainiere ich ja doch so viel. Anderen gefällt das, dass ich immer noch einen jungen Körper habe, allen, außer dir.

Fred   Ja, also wegen mir müsstest du nicht so viel Sport treiben.

Hilda   Würde dir meine Körper so weich und wabbelig gefallen? Was meinst du, wie viel Arbeit mich das kostet. Ich könnte mich beim Sportunericht auch locker an die Wand lehnen und zuschauen. Dann sehe ich bald so aus. Statt täglich sechs Stunden Sport zu

	treiben mit jungen Menschen, die alles besser können als ich. Und das habe ich für dich getan, immer.
Fred	Schade, wir hätten darüber sprechen sollen. Aber weißt du, vielleicht ist es besser, dass du so viel Sport machst, dann gefällst du dir wenigstens selber. Das ist sehr wichtig.
Hilda	Ja, ich möchte aber auch gerne meinem Mann gefallen.
Fred	Och, die Fotos vor dir sehen immer gut aus. Du weißt, ich mochte immer feminine Frauen. Aber das bist du nicht mehr und willst es auch gar nicht mehr sein.
Hilda	Das ist wahr. Aber ich wusst nicht, dass es so ernst ist. Dass du mich nicht mehr attraktiv findest.
Fred	So hart würde ich das jetzt nicht formulieren. Unser Liebesleben funktioniert ja noch ganz gut, findest du nicht?
Hilda	Na ja, wir beide schlafen mit jüngeren Partnern dabei, mit unseren Traumbildern, weil wir es mit dem realen Partner nicht mehr schaffen würden, genügend Erregung zu empfinden.
Fred	Warum musst du die Dinge immer so hart formulieren? Wir könnten doch auch sagen: wir sehen uns als Personen mit Geschichte, ich sehe in dir immer noch die junge Hilda, die ich geheiratet habe, und liebe sie in dir.
Hilda	Nur sie, nicht mich. Du hast immer Angst vor der Wahrheit gehabt, wolltest es immer rosa und kuschlig haben in deiner Welt. Dann werde ich dich jetzt mal aufwecken.

Nachrichten aus den Wahlverwandtschaften. Die Ehefrau, die kühle Charlotte, und der effiziente Hauptmann, der Hausfreund, arbeiten zusammen an der Landschaftsgestaltung des Gutes und kommen sich immer näher. Zwischen dem leidenschaftlichen Eduard, dem Ehemann, und der jungen, zarte Ottilie herrscht eine magnetische körperliche Anziehungskraft, der sie sich kaum noch erwehren können. Und trotzdem kämpfen alle weiter darum, die Ehe von Charlotte und Eduard zu retten. Die Frage ist, ob diese oder unsere andere Ehe hier noch gerettet werden kann?

Hilda	Also höre gut zu. Ich weck dich jetzt auf.
Fred	Das muss nicht sein, ich fühle mich so ganz wohl.
Hilda	Nein, du hast mich so beleidigt. Also hier kommt es. Weiß du, an wen ich wirklich denke, wenn wir zusammen liegen?
Fred	Nein, keine Ahnung, aber ich komme wohl nicht drum herum, es mir anzuhören.
Hilda	Bruce Willis.
Fred	(Hände überm Kopf) Nein, bitte nicht, Hilda. Der Typ ist doch so doof. Den kannst du mir doch nicht überstülpen. Schau doch mal, wie der mit Frauen umgeht.
Hilda	Schau dir seinen Sixpack an. Ich sage ja nicht, dass ich mit ihm leben möchte, da bist du schon angenehmer, immer so verständnisvoll. Aber für den Sex ist das schon eine gute Vorlage.
Fred	Jetzt bin ich enttäuscht und traurig und außerdem wütend. Also immer, wenn ich mir Mühe gebe bei unseren Liebesspielen, dann ist es Bruce Willis, der da agiert.
Hilda	Du hast es erfasst, mit dir schlafe ich schon seit einem Jahrzehnt nicht mehr.
Fred	Alle meine nächtlichen Anstrengungen gehen auf das Konto von Bruce Willis und nicht auf meins?
Hilda	Ja, dein Konto ist leer, seit Jahren.
Fred	Und ich der Handlanger von Bruce Willis!

Hilda	Oh ja, in den bin ich total verliebt, in den jungen Bruce Willis natürlich, der rmit dem Sixpack und mit Haaren, nicht der alte Kahlkopf.
Fred	(hält sich den Kopf, entsetzt)
Hilda	Hast du das nicht gemerkt?
Fred	Doch, nach einer Liebesnacht warst du immer genau so kalt zu mir wie an jedem anderen Morgen. Oder sogar noch kälter.
Hilda	Ja, denn da warst ja du dann da, und nicht er. Und hast mich erinnert, dass er nur ein Hirngespinst ist. Leider. Und dass ich weiter neben dir schlafen muss.

Nachrichten aus den Wahlverwandtschaften: Bei dem Ehepaar Charlotte und Eduard kommt es ein letztes Mal zur körperlichen Vereinigung, wobei sie beide träumen, sie hätten ihre neue Liebe in den Armen. Charlotte möchte lieber vom Hauptmann umfangen sein und Eduard sehnt sich seine Ottilie in seine Umarmung. Das Kind, das in dieser Nacht gezeugt wird, trägt auf mystische Weise die Züge der beiden geliebten Personen, des Hauptmanns und der Ottilie, nicht die der zeugenden Eltern. Aber dieses wider die Natur entstandene Kind muss nach der Moral der Zeit dann leider sterben.

Fred	Dann werde ich dir jetzt aber auch etwas sagen, nachdem du mich so erniedrigt hast.
Hilda	Was kann denn da noch kommen, nachdem ich weiß, dass du die Frau, die ich heute bin, nicht attraktiv findest.
Fred	Kennst du Soraya?
Hilda	Unsere Nachbarin, türkische Abstammung, sehr hübsch, zwei Kinder, Apothekenhelferin?
Fred	Genau die. Ein sehr femininer Typ.
Hilda	Willst du mir sagen, dass du mit der eine Affaire hast?
Fred	Nein.

Hilda	Das kann ich mir auch nicht vorstellen. Was würde die von dir wollen?
Fred	Habe ich mir auch schon gedacht.
Hilda	Aha, also gedacht hast du schon daran.
Fred	Sie ist mein Typ, was soll ich machen? Diese langen glänzenden Haare, wallende Kleider, Goldschmuck, genau das richtige Makeup, Parfüm…..alles, was ich an Frauen mag.
Hilda	Ja, der Goldschmuck hat dich immer angezogen wie das Licht die Motte.
Fred	Und sie geht jeden Tag aus dem Haus, wenn ich auch aus dem Haus gehe. Darauf achte ich immer. So grüßen wir uns und halten ein kleines Schwätzchen.
Hilda	Da bist du immer freundlicher, als wenn du dich von mir verabschiedest.
Fred	Ja, dann ist mein Tag gerettet, ich habe sie gesehen und gesprochen.
Hilda	Schön für dich, den Vorteil habe ich nicht, Bruce Willis sehe ich nur im Film.
Fred	Lebende Menschen sind mir immer lieber gewesen. Und was glaubst du, wo ich meine Tempotaschentücher kaufe?
Hilda	Natürlich in ihrer Apotheke. Aber du hast mit ihr nichts.
Fred	Hm.
Hilda	Oh, jeh, ich ahne es. Du hast mich durch sie ersetzt. Seit sie eingezogen sind, das war vor etwa 8 Jahren?
Fred	Ja, das stimmt. Da sind sie eingezogen.
Hilda	Das war nach der Ehetherapie, die Fantasie. Danach ging es wieder aufwärts mit unserem Liebesleben.
Fred	Ist das nicht gespenstisch. Da schlafen Bruce Willis und Soraya zusammen in unserem Schlafzimmer und wir - wir sind gar nicht da.

Hilda	Wir haben seit einem Jahrzehnt nicht mehr miteinander geschlafen.
Fred	Wir waren nicht da! Wir hatten nichts miteinander zu tun. Wir leben nur hier.
Hilda	Wir waren hinter der Maske, wenn wir im Schlafzimmer waren, allein.
Fred	Kein Kuss galt mir, keine Umarmung sollte mich wärmen, kein Stöhnen war für mich bestimmt.
Hilda	Auch mir kein einziger Kuss, keine Umarmung sollte MICH wärmen, kein Stöhnen war für meine Ohren bestimmt.
Fred	Jeder von uns war alleine. Jahrelang. Das ist wie Selbstbefriedigung.
Hilda	Das klingt irgendwie völlig krank.
Fred	Wo jeder für sich alleine gespielt hat, und wir dachten, wir seien zu zweit.
Hilda	Aber wir waren doch zu zweit, wir waren sogar zu dritt oder zu viert. Und wie soll das jetzt weitergehen?

Nachrichten aus den Wahlverwandtschaften: Damals hielten vor allem die Frauenzimmer die rigiden Moralvorstellungen, die die Gemüter beherrschten, für unumstößlich. Diese sozialen Regeln schlossen eine außereheliche Vereinigung der Liebenden rigoros aus.

Deswegen geht das leidenschaftliche Liebespaar, Eduard und Ottilie, in den Tod, getrennt natürlich. Die Anziehungskraft ist zu stark. Das kühlere, vernünftigere Paar, Charlotte und der Hauptmann, entsagen ihrer Liebe und entfernen sich voneinander. Das Ergebnis des Experiments: Drei Tote also, das Kind mitgezählt, und zwei traurige Singles. Mal sehen, wie sich unsere Figuren von heute aus dem Schlamassel befreien.

Fred	Immerhin haben wir in unserem Alter noch Sex und das sogar gemeinsam.
Hilda	Aber auch nur dem Buchstaben nach.
Fred	Wir sind nicht körperlich fremdgegangen, nur geistig.
Hilda	Und das ist ein Trost für dich?
Fred	Oh ja, hat ja alles nur im Kopf stattgefunden.
Hilda	Alles nur im Kopf? Du armer Tropf. Im Kopf ist alles, was zählt.
Fred	Aber hat doch über Jahre unsere Ehe gerettet!
Hilda	Also einfach weiter so?
Fred	Warum denn nicht? Jetzt, wo wir beide wissen, mit wem der andere schläft, wird es vielleicht noch amüsant.
Hilda	Das ist dann wirklich wie ein Theaterstück. Wir könnten uns verkleiden!
Fred	Wenigstens kennen wir jetzt unsere Rollen. Und können uns neue aussuchen, wenn wir wollen, das wird lustig. Wie wäre es mit Burt Lancaster, Daniel Craig und Romy Schneider?
Hilda	Die haben sich sicher nie getroffen.
Fred	Außer bei uns im Bett, lang nach ihrem Tode. Als Gespenster.
Hilda	Ich könnte mich als Sissi verkleiden.
Fred	Und ich als Peter Ustinov…..
Hilda	Bitte nicht!
Fred	Und wir werden ein Swimmingpool bauen mit Solartechnik zum Wärmen.
Hilda	Du gibst nach?
Fred	Was soll ein wärmegedämmtes Haus, wenn wir uns scheiden lassen?
Hilda	Pool oder Jacuzzi?
Fred	Dann bitte beides. Ein Jacuzzi für unser gemeinsames Alter.

| Hilda | Wenn ich das dann irgendwann mal brauche. |
| Fred | Ich warte im Jacuzzi auf dich. Irgendwann wirst auch du älter. |

Letzte Nachricht aus den Wahlverwandtschaften: Goethe war offensichtlich sehr empört über die Moralvorstellungen seiner Zeit, an die er sich nie gehalten hat.
Aber am Ende seines Lebens. Schon über 80, verzichtete er sehr edelmütig auf die Ehe mit einer 19-Jährigen und einer anderen 20-Jährigen, nachdem er zurückgewiesen worden war.

Auch hier könnte der gute alte Freud noch einmal zu Wort kommen, Sie wissen schon, Besitz und Liebe und ihr disproportionales Verhältnis zueinander, aber wir lassen ihn schweigen und freuen uns über das unerwartete Happy End ganz ohne Tote.

DIE SONNE

1. TREFFEN

4 orangefarbenen Stühle nebeneinander 1-2-3-4
Er sitzt auf dem Stuhl 1, liest die FAZ. Sie stürmt herbei, mindestens 2 Taschen und lässt sich auf den Sitz 3 fallen. Smartphone in der Hand.
Sie sieht die Zeitung und sagt:

T   Dahinter steckt immer ein kluger Kopf, was?

P   (irritiert) Wie bitte? Was wollen Sie?

T   (erhebt sich) Das ist jetzt nicht wahr, oder? Paul, bist du das?

P   Na klar bin ich das, aber wer sind denn Sie?

T   (steht auf) Du erkennst mich nicht? Ich bin doch Thea.

P   Nein, Sie sind nicht Thea. Die wohnt nicht hier und ist die ist nicht so alt.

T   Bin ich in den 7 Jahren wirklich so gealtert? Ich bin Thea, jetzt schau mich endlich an.

P   (betrachtet sie) Ja, es könnte sein, aber älter und mit einer Raucherstimme.

T   Ich finde dich auch entzückend.

P   Nein, da irrst du dich, ich finde dich nicht entzückend. Und wenn du es wirklich bist, dann will ich dich nicht treffen. (schaut wieder in die Zeitung)

T   Jetzt hab dich nicht so, es ist 7 Jahre her.

P   Kannst du bitte anderswo Platz nehmen? Du hast schon einmal mein Leben zerstört wie eine Abrissbirne.

T   Nicht so dramatisch, bitte. So eine Scheidung ist doch ganz normal heutzutage.
        (setzt sich auf 3)

P   Für dich vielleicht. Für mich war es der Absturz.

T	Komm schon, wie geht es denn Kunigunde? Hast du sie noch?
P	Den Hund meinst du? (Er schüttelt den Kopf und schaut in die Zeitung) Der ist im Tierheim.
T	Was, unsere Kunigunde lebt im Tierheim?
P	Vielleicht ist er auch schon tot.
T	Lea hat immer so an Kunigunde gehangen.
P	Und warum habt ihr ihn dann bei mir gelassen?
T	Damit dir etwas von uns bleibt! Damit du nicht so alleine bist.
P	Genau deswegen lebt er jetzt im Tierheim. Vielleicht.
T	Es ist nicht zu fassen. Haben wir dir so wenig bedeutet?
P	Ganz im Gegenteil. Aber man muss sich schützen.
T	Vor uns?
P	Ja, vor euch, vor allem aber vor dir.
T	Du hast dich nie gemeldet, nicht mal zum Geburtstag von Lea.
P	Das war auch besser so, ich wäre kein guter Vater gewesen in den Jahren.
T	Unfassbar. So kalt.
P	Wenn wir schon beim Thema sind: wie geht es Lea?
T	Sie ist jetzt 10 und die Sonne in unserem Leben.
P	Euer Leben? Wer ist denn da noch?
T	Na ja, mein Mann. Jetzt sag nicht, dass du immer noch allein bist.
P	War ich lange genug. Aber Danke der Nachfrage, ja, ich habe da jemanden.
T	Ist das auch wahr?
P	Vielleicht.
T	Da bin ich aber froh, dachte schon, du seist immer noch ein einsamer Psychopath.
P	Und gleich fühlst du dich besser, nicht?
T	Bist du froh, dass ich gegangen bin?
P	Ich auf einer Fortbildung und du verlässt das Haus.

Und als ich zurückkomme, gibt es da nur einen hungrigen Hund. Alle Kleider weg, wo Leas Spielzeug lag, nur Leere, sogar mein Fitnessbike und das Geschirr hast du verschwinden lassen und keine Adresse.

T   Ja, es kam ganz plötzlich.

P   Die neue Adresse hat mein Anwalt erst von deinem Anwalt erfahren.

T   Dann hattest du sie aber und hast dich nicht gemeldet.

P   Nein, wozu auch. Um den Fitnesstrainer zurückzubekommen?

P   Wieso treffe ich dich eigentlich plötzlich heute hier? Stalkst du mich?

T   Bin auf dem Weg zu meiner neuen Arbeitsstelle. Eine neue Werbeagentur, die beste in der Stadt, ein echter Aufstieg, wenn ich dir erzähle, welche Kunden die haben, wirst du…blass vor Neid.

P   Spar den Atem, ich werde dich nicht bewundern... Das heißt, wie treffen uns jetzt jeden Morgen hier?

T   Ich werde um diese Uhrzeit immer hier sein. Vorher bringe ich Lea in die Schule. Danach hole ich sie wieder ab.

P   Das sind jetzt tolle Aussichten. Da kommt schon meine Bahn.

T   Nein, die nehme ich nicht.

P   Da bin ich aber froh, wenigstens können wir uns jetzt verabschieden. /Geht nach links ab)

2. TREFFEN

Paul sitzt auf Stuhl 1

T   Guten Morgen, Paul!

P   Ja, ja, setzt dich schon (Sie setzt sich auf Stuhl 2.)

153

T	Komm, ich zeig dir mal Lea. (sucht auf dem Handy)
P	Will ich nicht sehen. Mit euch habe ich abgeschlossen. (Schiebt das Handy weg)
T	Du willst deine Tochter nicht sehen?
P	Nein -und ich bin sicher, dass sie zu deinem neuen Lover „Papa" sagt.
T	Stimmt.
P	Mich braucht sie also nicht.
T	Und du brauchst sie auch nicht?
P	Alles viel zu schmerzhaft.
T	Ich bin damals ausgezogen in mein Glück.
P	Und ich wurde verlassen ohne Vorwarnung. Da denkt man, alles ist gut, die Frau lächelt, der Urlaub auf die Malediven ist gebucht, der Hund und das Kind endlich stubenrein….
T	Wir haben doch schon lange keine Ehe mehr geführt?
P	Haben wir nicht? Ich hätte das schon eine Ehe genannt, eine gute sogar!
T	Nein, schon seit Leas Geburt haben wir nur noch nebeneinanderher gelebt.
P	Wir haben doch noch miteinander geschlafen!
T	Aber das war auch alles….du bist in deinen Schachverein gegangen, hast deine Freunde getroffen und ich war zu Hause mit Lea.
P	Aber das wolltest du doch so.
T	Wer hat das gesagt?
P	Du hast das gesagt! Mich immer wieder ermuntert, aus dem Haus zu gehen.
T	Das ist hart.
P	Du wolltest die perfekte Mutter spielen und in der Baby-Welt allein regieren. So war das.
T	Nein, ich habe dir deinen Freiraum gegeben, denn du hast ja normal gearbeitet, ich war im Homeoffice, in Teilzeit, also hatte ich Zeit, mich um Lea zu kümmern.

P	Und mich hast du ausgeschlossen.
T	Na ja, du warst ja auch ziemlich ungeschickt. Weißt du noch, als du sie wickeln wolltest und sie herunterfiel....
P	Ich durfte es ja auch nur dieses eine Mal probieren, nicht? Dann hat die Übermutter wieder die Regie übernommen.
T	Du hast es nie wieder versucht.
P	Du hättest mich nie wieder gelassen. (Pause)
P	Und wenn ich nach Hause kam, immer diese anderen Mütter bei dir, und die gingen nicht, obwohl ihre Babies schon hundemüde waren. Die schliefen ein und ihr habt weiter Prosecco geschlürft und immer lauter gelacht.
T	Hast du mir das nicht gegönnt?
P	Wo war da mein Feierabend? Meine Ruhe? Dafür musst ich dann ausgehen, damit ihr weiter euer Müttersein feiern konntet.
T	Weißt du noch, wie ich dich angerufen habe, weil Lea sich den Arm gebrochen hatte? Und wir zur Notaufnahme gefahren sind?
P	Ja, das war auch so ein Abend. Du hattest schon so viel getankt, dass du nicht mehr fahren konntest. Deswegen kam ich zu dieser Ehre.
T	Wie anders wir das doch alles erlebt haben. Ich dachte immer, ich bin eine wundervolle Mutter. Das sagen alle.
P	Vielleicht bist du das auch. Aber du hast dich in eine lausige Ehefrau verwandelt.
T	(Pause) Und wie hast du die letzten Jahre verlebt? Du bist jetzt auch in einer Beziehung?
P	Seit kurzem wieder, ja. Davor war ich immer wieder in der Psychiatrie - freiwillig.
T	Was? In der Psychiatrie? Nein!
P	Doch, direkt nach deinem Auszug habe ich mich selbst eingewiesen. Sonst wäre ich irgendwo von einer Brücke gesprungen.

T	Das sagst du nur, damit ich mich schlecht fühle,
P	Was du alles weißt. Da kommt meine Bahn. Bis morgen, Supermutter! (Geht nach links ab)

3. TREFFEN

P	Guten Morgen, Thea. (sitzt auf Stuhl 2)
T	Ich konnte die ganze Nacht nicht schlafen. Sag, dass es nicht wahr ist.
P	Was genau?
T	Dass du nach unserem Auszug in der Psychiatrie warst.
P	Ja, warum denn nicht? Ist doch besser, wenn man selbstmordgefährdet ist, oder? Sonst säße ich jetzt nicht hier und wir hätten das Gespräch nicht. Vielleicht würde dir das besser gefallen?
T	Nein. (setzt sich Stuhl 3)
P	Ich hätte mich umgebracht. Es erschreckt dich, oder?
T	Ja, wenn ich mir das vorstelle…..und ich in meinem Glück.
P	Und ich da auf den Gleisen, in meinem Blut. Aber ich war nur ein Jahr in der Psychiatrie.
T	Ein ganzes Jahr? Davon hat dein Anwalt nie etwas gesagt.
P	Der hatte seine Anweisungen. Was hättest du auch schon gemacht? Wärst du zurückgekommen?
T	Nein, sicher nicht.
P	Also war es besser so, nicht? Nach einem Jahr war ich dann auch wieder für 6 Monate draußen, habe wieder arbeiten können.
T	Dann ging es dir besser?
P	Dann kam Weihnachten und ich habe mich wieder eingeliefert.

T	Oh Gott. ja, Weihnachten war immer so schön bei uns. Wir benutzen noch den gleichen Schmuck von damals. Die Engel mit dem Silberhaar, die Glocken aus Dresden…(sucht ein Foto auf dem Smartphone)
P	Ja, genau, die habe ich dann anscheinend so sehr vermisst, dass ich wieder für ein halbes Jahr hinter Gittern verschwunden bin.
T	Aber du arbeitest doch wieder und alles gut?
P	Wenn du das so möchtest, sagen wir ja. Ich arbeite seit etwas 1, 5 Jahren wieder in der Behörde.
T	Sie haben dir den Job wieder gegeben?
P	Als Beamter hat man Vorteile.
T	Stimmt, das wäre in der freien Wirtschaft nie geschehen. Ich hätte mir solche Eskapaden nicht leisten können.
P	Eskapaden? (lacht bitter) Ne, ohne meinen Job wäre ich in der Gosse gelandet. Da säße dir jetzt ein Penner gegenüber, der bettelt und in der U-Bahn schläft. Das wäre doch viel schlimmer, oder? Also eigentlich ist es ja fast gut so, würdest du sagen.
T	Ich weiß nicht.
P	Das ehrt dich. Gratuliere, Thea, du hast doch noch Herz.
T	Ich wage dir nicht zu sagen, wie glücklich ich bin.
P	Ja, behalt es bitte für dich.
T	Aber du bist jetzt in einer Beziehung.
P	Ja, eine der Krankenschwester in der Psychiatrie hat sich für mich interessiert. Nett von ihr, nicht? Dann musst du jetzt kein so schlechtes Gewissen haben. Soll ich sie von dir grüßen?
T	Das ist meine Bahn, wir sehen uns morgen. (Geht nach rechts ab)

4. TREFFEN

Paul Stuhl 2

T   Paul, guten Morgen. Darf ich dir erzählen, warum ich dich verlassen habe?

P   Du willst, dass ich dich von der Schuld losspreche.

T   Du warst schon immer ein guter Psychologe. (Stuhl 3)

P   Du wusstest, dass ich nicht stabil bin. Aber ich war stabil, solange du da warst.

T   Vielleicht wusste ich das. Aber es hätte nichts geändert.

P   Na, dann spucke es aus. Wer war der Lover, der dich gestohlen und mich ins Knock out geschickt hat?

T   Ein Schulfreund aus Afrika?

P   Nein, bitte nicht, das ist doch kitschig.

T   Ein Schulfreund aus Afrika, der war damals schon in mich verknallt, als wir noch zur Schule gingen. Unsterblich, sagen seine Freunde.

P   Und die hast du auch getroffen.

T   Du weißt doch, da gab es dieses Schultreffen nach 20 Jahren mit den Schülern aus Afrika.

P   Ja, das war kurz, bevor du verschwunden bist.

T   Da waren er und seine Freunde.

P   Und er hat sich dir sofort an den Hals geworfen.

T   Nein, so war das nicht. Ich fand ihn ziemlich attraktiv, aber ich habe ihn kaum wiedererkannt.

P   Nix passiert?

T   Nein, gar nichts. Spät am Abend, als wir beide schon ziemlich betrunken waren, hat er mir erzählt, wie er mich früher verfolgt hat, wenn ich ausging oder auf einer Party war, nur, um mich durch die Fenster sehen zu können. Seine Freunde haben für ihn spioniert und ihm gesagt, wo ich bin.

P   Wie romantisch, ein Stalker!

T	Aber zwei Wochen später hat er mir einen Brief geschrieben.
P	Das ging schnell.
T	Er hatte seine Frau wegen mir verlassen, stell dir vor. Er bat mich, zu ihm zu ziehen. Und schickte mir einen so poetischen, berührenden Liebesbrief. Wir seien zwei Kugelhälften, die sich in dieser verworrenen, leeren Welt endlich wieder gefunden hätten und nun ein leuchtendes Gestirn bilden könnten. Nur sehr wenigen Menschen ist das möglich. Die meisten irren bis zum Ende ihres Lebens traurig und ziellos umher, auf der Suche nach ihrer anderen Hälfte.
P	Und für diese flammende Kugel hast du unser ganzes gemeinsames Leben auf die Müllhalde hingeworfen?
T	Das ist eine Art von Liebe, von wahnsinniger, überirdischer Leidenschaft, wie wir sie nie hatten. Ich bin seine Sonne.
P	Du warst auch meine Sonne.
T	Die Stunden, in denen wir zusammen sind, das ist das helle Leben, die anderen trüben Stunden sind nur Warten darauf, dass das Leben endlich weitergeht, wenn er wieder da ist. Er IST meine Sonne.
P	Da kann ich wohl nicht mithalten.
T	Nein. Obwohl mir nicht klar war, wie viel wir dir bedeutet haben.
P	Das war vielleicht auch besser so für dich. Da steht Leben gegen Leben.
T	Genau. Eins zerstörst du, ein anderes lässt du aufblühen und gedeihen. Es ist grausam.
P	Es war grausam. So habe ich dich in Erinnerung behalten.
T	Wirklich?
P	Die grausame Supermutter, die den Familienvater aussaugt und zu Boden fallen lässt.

T	Ich wollte nie Unterhalt von dir haben.
P	Das wäre bei deinem Gehalt auch etwas lächerlich, oder? Aber ich bin sicher, das hat dir ein warmes Gefühl verschafft, dass du darauf verzichtet hast.
TT	Aber wie brutal. Erst machst du jemanden glücklich, dann verlässt du ihn, weil du lieber selber noch viel glücklicher werden willst, mit einem anderen. Und du zerstörst ein Leben.
P	Jetzt mal langsam. Du siehst ja, ich lebe noch.
T	Ja aber wie. Liiert, aus der Not, mit einer Krankenschwester.
P	Langsam und vorsichtig, Thea! Wir sind in einer guten Beziehung, Sarah und ich. Vielleicht nicht ganz so leidenschaftlich wie bei euch. Aber wir mögen uns und wir sind gerne zusammen.
T	Und, ist sie eine Sonne?
P	Nein, aber ich bin auch keine. Wir wärmen uns gegenseitig. Das ist auch schon viel.
T	Das ist nicht genug. Das ist wie bei alten Leuten, die zusammen frieren.
P	Vielleicht sind wir alte Leute, ausgewaschen vom Leben, von zu viel Leid.
T	Nicht schon wieder diese Leier. Ich hätte dir gerne jemanden wie mich gewünscht. Eine echte Sonne.
T	Oh, da ist meine Bahn, aber ich kann auch die nächste nehmen.
P	Du willst doch nur dein schlechtes Gewissen loswerden. Oder mich zerstören, damit du keines haben brauchst. Sei doch ehrlich.
T	Da ist was dran.
P	Also hör auf damit. Du hast mir großen Schaden zugefügt und aus der Nummer kommst du nicht mehr raus, egal, wie sehr du dich anstrengst.
T	(schweigt, japst)

P   Auch nicht, wenn du mich zu einem schlechten Menschen machst, den man verlassen muss, auch nicht, wenn du mich zu einem unfähigen Patienten stempelst, der es nicht geschafft hat, der Depression zu entkommen.

Auch nicht, wenn du mich zu einem kalten Liebhaber stilisierst, der bemitleidenswert ist und verlassen werden muss für dein Wohl. Funktioniert alles nicht.

T   Ja, so was könnte ich schon formulieren.

P   Was ich an dir immer bewundert habe, ist deine Ehrlichkeit.

T   Die kostet mich aber viel.

P   Sei ein Mensch, sei ehrlich. Sag es: ich habe ihm Unrecht getan, er hat wegen mir leiden müssen. Mehr will ich nicht.

T   Ich habe dir nicht Unrecht getan, denn in der Liebe gibt es kein Unrecht.

P   Aber ja, du hast dein Eheversprechen gebrochen.

T   Da spricht der Jurist. Wenn keine Liebe mehr da ist, gibt es kein Versprechen mehr. Hätte ich an deiner Seite verdorren sollen? Auf ein Leben in diesem intensiven Licht verzichten?

P   Ich glaube, das ist deine Lebensphilosophie. Immer nur das Beste für Thea, sie verdient es. Warum eigentlich?

T   Jeder Mensch verdient das Beste.

P   ….du bist eine Sonne und willst auf keinen Fall zu den Verlierern gehören. Die Rolle überlässt du mir. Ich bin ein Schatten, eine Ruine.

T   Pech für dich, wenn du dich für eine starke Frau entscheidest. Hoffe, deine Krankenschwester hat mehr Empathie.

T   Die Bahn muss ich jetzt wirklich nehmen. Bis morgen, Paul! (geht nach rechts ab)

5. TREFFEN

P Guten Morgen, Thea. (Stuhl 4)

T Morgen, Paul. (Setzt sich, Stuhl 2)

P Empathie war das letzte Wort, das du gestern hinterlassen hast.

T Hören wir auf, Rechnungen aufzumachen, um Schuldige zu finden.

P Du bist schuldig.

T Die Liebe erlöscht und....

P ...hinterlässt schmutzige Asche.

T Man macht sauber und entzündet irgendwann ein neues Feuer.

P Dann soll sich dein afrikanischer Löwe mal in Acht nehmen. Weiß er das eigentlich?

T Was?

P Tja, wenn eines Morgens ein Liebesbrief in deinen Briefkasten flattert, noch flammender als der seine, dass du ihn dann auch verlässt?

T Ach nein, Gunther und ich leben schon sieben Jahre so glücklich zusammen.

P Aha, das ist also auch ein Argument. Wir hatten acht Jahre zusammen, soweit ich mich erinnere.

T Lass uns aufhören damit! Es tut weh.

P Ich weiß. (Pause, setzt sich auf Stuhl 3) Du hast also Karriere gemacht die sieben Jahre?

T Kann man so sagen. Gunther ist Weinhändler, er kann oft auf Lea achten, also hatte ich Zeit.

P Gut gemacht, Augen auf den Beruf bei der Wahl deines Partners!

T Und du? Bin ich froh, dass du wieder arbeiten kannst.

P	Ja, es ist die gleiche Stelle, aber ich bin es zufrieden. Nach so vielen Jahren Therapie und Anstalt ist man einfach nur dankbar für ein ganz normales Leben.
T	Ja, wie ein Sträfling, der aus dem Gefängnis kommt.
P	Genau. Das ist das Gefühl. Nach einer fatalen Beziehung als beschädigtes Wrack eingesperrt zu sein.
T	Nix fatale Beziehung, unsere Beziehung war dein Krückstock, dein Rollator durchs Leben. Nur in unserer Beziehung konntest du aufrecht gehen.
	Du konntest nicht alleine im Leben stehen, das hast du nie geschafft, deswegen warst du in einer Klinik.
	Vielleicht hättest du all diese Therapien machen müssen, bevor wir geheiratet haben.
P	Der Brief von dem Südafrikaner hätte doch wie eine Bombe eingeschlagen.
T	Wahrscheinlich hast du recht. Wenn er einen Raum betritt, geht die Temperatur hoch. Alle schauen auf ihn und lächeln. Das habe ich bei niemandem sonst erlebt.
P	Also ist ER DEINE Sonne **und du bist KEINE.** Da musst du aber aufpassen, dass du nicht aus dem Sonnenschein herausfällst wie ich. Die Sonnen sind strahlende Fixsterne, sie wissen, was sie wert sind. Wir kalten Planeten wandern und suchen unseren Platz im fremden Licht. Willkommen im Club.
T	Und deine Krankenschwester?
P	Heißt immer noch Sarah.
T	Also existiert sie doch?
P	Nur um dir ein gutes Gefühl zu geben.
T	Und, will sie keinen Hund?
P	(erschrocken) Woher weißt du das?
T	Ich wusste doch, dass es sie wirklich gibt! Aber du wirst sicher nicht wieder heiraten und noch weniger ein Kind wollen.
P	Ach so, dann also einen Hund als Eheversprechen?

T	Ja, das wäre es. (Blick aufs Smartphone) Heute muss ich noch Blumen kaufen, für Gunther.
P	Bist du emanzipiert. Blumen für den Altar der Sonne.
T	Wir müssen an unsere Sonnen festhalten. Er kommt heute aus Südafrika zurück, da bringt er mir immer einen Diamanten mit.
P	Jetzt habe ich gerade meine Bahn verpasst.
T	(steht auf) Bis morgen, Theo. Morgen bringe ich Lea mit, wir müssen zum Kieferorthopäden.
P	Vielleicht bin ich morgen gar nicht daha.....(rafft Zeitung zusammen) (geht nach rechts)
T	(Lächelt selbstsicher, steht auf und geht nach links, ihre Wege kreuzen sich, sie bleiben dicht voreinander stehen)
	Es war so schwer, dich ausfindig zu machen.
	(geht ab) Lea freut sich auf dich!
	(Paul bleibt stehen, schaut ins Publikum?)

Vielleicht war alles ganz anders.....

1. Teil

Mein Guter,

bist du gut gelandet? Habe seit zwei Wochen nichts von dir gehört. Der Wetterbericht zeigt Regen an für dich in Spanien. Wir in Bonn haben wir sonnige Ostern. Ich habe gestern die Bilder für die Ausstellung in der Sparkasse ausgewählt. Jana hilft mir dabei, sie ist so ein Schatz.

Deine Sabine

Meine Liebe,

ja, ich habe mich erst einmal lange nicht gemeldet, tut mir leid. Aber als ich unser Haus aufgeschlossen habe, war das große Abflussrohr verstopft. Habe gleich Ricardo angerufen, aber du weißt, wie lange es dauert, bis er endlich kommt. Also musste ich das Wasser abstellen und so lebe ich erst mal. Der Nachbar lässt mich freundlicherweise bei sich duschen. Aber du kennst ihn, er ist ein Pedant und kontrolliert nun, wie oft ich dusche pro Woche. Wenn ich verschwitzt von der Arbeit mit den Olivenbäumen bin, kann ich auch nicht spontan bei ihm auftauchen zum Duschen, nein, ich muss mich an Zeiten halten!

Dein Max

Mein Guter,

das ist nicht schön, dass du nicht duschen kannst, wann du willst. Du könntest doch in die Pension am Marktplatz gehen, die ist nicht teuer. Wir hatten ja gedacht, dass wir nach meiner Pensionierung vor drei Jahren öfters ins Haus nach Spanien kommen. Aber du hast es ja nie geschafft.

Gestern war Jana da und hat mir geholfen, die Rahmen, die fehlen, zu bauen. Es sind jetzt doch fast 40 Bilder und wir brauchen mehr Rahmen, als du vorbereitet hast. Ja, wärst du jetzt hier, ginge alles ganz schnell. Aber so müssen Jana und ich lernen, wie man Rahmen baut. Der Herr König von der Sparkasse war eben sehr nett und hat uns noch mehr Platz für meine Bilder zur Verfügung gestellt. Stell dir vor, ich würde einige davon verkaufen! Ich muss mich noch erkundigen, wie viel ich dafür verlangen darf.

Grüß den Nachbarn von mir, hatte der nicht eine Nichte? – Deine Sabine

Meine Liebe,

Ganz recht, der Nachbar hat auch eine Nichte, die ist gerade zu Besuch. Auch deswegen kann ich nicht einfach so dort hereinplatzten und duschen. Sie sonnt sich immer gerne nackt im Garten! Es gab schon peinliche Situationen....sie kommt dann auch oben ohne an die Tür, wenn ich klingele.

Ich warte lieber, bis der Nachbar am Abend da ist, um zu duschen.

Gruß Max

Mein Guter,

Na, das ist ja aufregend. Dann ist die Nichte inzwischen groß geworden. Ich erinnere mich noch an ein dürres, kleines Mädchen mit zu großen Augen, das vor unserer Einfahrt Ball spielte. Ist sie hübsch geworden?

Wegen der Ausstellung müssen wir jetzt auch noch Staffeleien aufstellen, weil sie keine Nägel in die Wände der Sparkasse klopfen wollen. Unglaublich! Dann sollen sie auch nicht „Ja" sagen zu einer Ausstellung, wenn sie keine Nägel setzen wollen! Also haben wir die Auswahl jetzt wieder auf 20 Bilder beschränkt, so viele Rahmen hattest du uns ja vorbereitet. Jetzt versuchen wir, Staffeleien aufzutreiben. Jana hat da die Möglichkeit, bei ihren Kunstkollegen aus der Schule nachzufragen. Unglaublich, wie viel Arbeit so eine kleine Ausstellung machen kann!

Gruß Sabine

Meine Liebe,

Nein, die Nichte spielt nicht mehr Ball und hat immer noch große Augen. Sie ist wirklich eine Schönheit geworden, noch sehr jung, sie arbeitet beim Rundfunk und macht gerade Ferien bei ihrem Onkel. Der hat sie ja auch aufgezogen. Sie scheint eine Schwäche für ältere Herrn zu haben, so sagt sie. Mit mir unterhält sie sich auch recht gerne, sie lacht viel. Aber ich achte sehr darauf, zu welcher Uhrzeit ich in diesem Haus zu Besuch komme.

Ricardo hat jeden Tag eine andere Ausrede, er kommt einfach nicht vorbei. Ich bin kurz davor, selber in die Grube zu steigen und das Rohr zu säubern.

Gruß Max

Mein Guter,

Nein, warte, bis Ricardo kommt! Wenn du in die Grube steigst, kannst du bei niemandem zum Duschen vorbei kommen. Vergiss das nicht!

Die Nichte hieß Linda, nicht? Wie lange schaffst du es, dich mit ihr auf Spanisch zu unterhalten? Dein Spanisch ist ja ziemlich eingerostet, wenn ich an unsere Besuche hier im spanischen Restaurant denke. Genau wie meins. Schade, dass ich nicht bei dir bin.

Gruß und Kuss Sabine

Meine Liebe,

Gestern haben sie mich zum Abendessen eingeladen. Es gab Pescado a la Parilla. Großartig. Wir haben fast drei Flaschen Rioja dazu getrunken. Der Nachbar war lange in der Politik, er kann sich noch gut an die Zeit des Franco-Regimes erinnern.

Ich versuche, die Olivenbäume abzuernten. Sonst verrotten die Früchte wieder. Vielleicht bekommen wir dieses Jahr sogar Olivenöl!

Mein Guter,

Wir haben uns nie mit ihm über Politik unterhalten! Und die Nichte, hat sie sich gelangweilt mit euch beiden alten Herren?

Es ist gut, dass du versuchst, die Olivenbäume abzuernten, das haben wir nie geschafft. Die sind jedes Jahr einfach verfault. Wir sind immer lieber ans Meer gefahren. Wie sieht das Haus sonst aus? Und der Garten?

Die Ausstellung verursacht immer mehr Ärger. Jetzt wollen sie noch ein Begleitprogramm haben! Wie soll ich das denn auf die Beine stellen?

Meine Liebe,

Nein, du hast dich nie für Politik interessiert. Du hast immer davon abgelenkt, erinnerst du dich? Linda hat sehr gespannt zugehört, wenn du das wissen willst. Ich sag dir ja, sie hat eine Schwäche für ältere Männer.

Am Haus gibt es noch einiges zu tun, bevor du hierher kommen kannst. Ein Fenster ist eingeschlagen, das Schloss der Hintertür ist lose, ich muss streichen – ich werde einige Zeit brauchen. Den Gemüsegarten überlasse ich dir, ich kümmere mich um die Bäume.

Meine Guter,

Wie lange bleibt denn die Nichte noch? Willst du mir jetzt vorwerfen, dass ich mich nie für Politik und Geschichte interessiert habe? Mehr für die schönen Dinge wie Kunst und Architektur? Das musst du als ehemaliger Bauunternehmer doch verstehen…..

Meine Liebe,

Ich werfe dir gar nichts vor. Von der Architektur hat dich als Buchhändlerin immer nur die Ästhetik von Fassaden interessiert, die man in deinen schmucken Bildbänden sehen konnte. Das Innere, die Statik, die Ausrichtung waren nie dein Ding. Also haben wir uns nur Fassaden angeschaut. In jeder Stadt. Und du fandest sie immer interessant und wunderbar. Dann durfte ich ein paar Fakten dazu liefern, warum sie so wunderbar sind, und das war deine Architektur-Begeisterung, die du immerhin auf Kira übertragen konntest. Sie ist jetzt eine echt gute Architektin. Ich war ja immer nur ein Bauunternehmer mit Interessen in Richtung Architektur. Also sollte ich mich von dir und dem Reiseführer belehren lassen.

Linda hat nicht nur Urlaub, sondern sitzt an einem Projekt, das sie online recherchieren muss. Sie ist jetzt 22. Ein herrliches Alter. Als ich 22 war, habe ich gerade meine erste Garage gebaut und vermietet, da kannten wir beide uns noch gar nicht.

Mein Guter,

Dann ist Linda ja 8 Jahre jünger als unsere Jana! Ein ganz junges Leben. So viel Jugend am Tisch zu haben, tut euch beiden alten Knaben sicher gut. Da vergisst die Arthritis ihre Schmerzen vor Staunen.

Was du über die Architektur sagst, wundert mich. Also meinst du, ich war diejenige, die das Tischgespräch bestimmt hat, die die Urlaubsrouten und Inhalte festgelegt hat? Ja, du warst zu eingespannt, um dich auch noch mit diesen Entscheidungen zu plagen. Ich war der Entertainer der Familie und du bist mir gefolgt, wie ein Angestellter der Firma, haben meine Freundinnen immer gesagt.

Meine Liebe,

Ja, so war das, so war es am einfachsten. Du hast das Programm gemacht, ich habe mich untergeordnet. Obwohl ich oft lieber anderen Ideen gefolgt wäre, aber ich hatte nicht die Zeit. Und du warst nicht bereit, meine Ideen zu berücksichtigen. „Dann mach doch selber", kam immer ganz schnippisch von dir. Also sind wir deinem Plan gefolgt, in allem. Ich gewöhnte mich daran. Aber du kannst dir nicht vorstellen, wie ich die Gespräche mit unserem Nachbarn über die Franco-Zeit genieße. Er hat es selbst noch erlebt! Und kannte die hohen Herren hier aus der Gegend.

Mein Guter,

Sei doch ehrlich, bei dem Gespräch mit Juan, unserem Nachbarn, ist auch immer Linda dabei, nicht wahr? Ich wollte wirklich, ich wäre da, um euch drei zu beobachten.

Hast du schon mit dem Haus gefangen? Du erzählst gar nichts davon! Zu ärgerlich, dass du für das WLAN immer in das Haus des Nachbarn gehen musst. Können wir da keine andere Lösung finden als unsere Mails hier? Mit WLAN könnten wir ja auch telefonieren.

Meine Liebe,

Du würdest dich bei unseren Gesprächen sehr langweilen, alte Politik, die Namen der alten Akteure, Jahreszahlen, die du nicht kennst. Du würdest das Gespräch gleich auf deine Lieblingsthemen lenken. Blumen, Bücher, Essen und andere Nachbarn. Ist mal schön, von etwas anderem zu reden. Aber er hat nach dir gefragt, wie es dir geht. Wie geht es dir?

2. Teil

Mein Guter,

Obwohl du nicht da bist, geht es mir recht gut. Die Leute fragen mich nach meiner Ausstellung, die schon in der Zeitung angekündigt wurde. Ich bin immer noch damit beschäftigt, sie auf die Beine zu stellen, jetzt mit Begleitprogramm. Es wird bunt und anspruchsvoll, nur mit lokalen Künstlern aus der Stadt, die alle umsonst mitwirken werden. Ist das nicht grandios?

Vielleicht kommt sogar der stellvertretende Bürgermeister zur Eröffnung. Dann kommen wir richtig in die Zeitung. Das wünscht sich natürlich die Sparkasse. Jana ist mir eine große Hilfe. Kira kam am Sonntag vorbei, aber nur, um ihren neuen Freund vorzustellen. Er scheint nett zu sein, ein Pianist. Lied-Begleitung. Wie das zusammen gehen soll? Beide werden immer auf Reisen sein! Aber getrennt.

Meine Liebe,

Das glaube ich dir, dass es dir gut geht, wenn ich nicht da bin. Dann störe ich dich nicht mehr mit meinen Vorschlägen, nicht? Jana war immer an deiner Seite. Dass dir Kira nicht weiterhilft, ist klar. Sie hat einen Vollzeitjob und lebt praktisch in ihrem Auto. Außerdem kam sie immer eher mich besuchen als dich. Hast du das nie bemerkt? Vielleicht kommt sie nach Spanien, wenn sie Zeit findet.

Mein Guter,

Was ist das? Kira soll dich besuchen, aber ich besser nicht? Was soll das? Hat dir Linda schon den Kopf verdreht? Bist du jetzt im Jugendwahn? Hast du nicht ziemlich viel zu tun?

Was ist mit Ricardo, kann er endlich das Abflussrohr reinigen?

Meine Ausstellung, falls es dich doch interessiert, wird in einer Woche eröffnet, und die Vorbereitungen laufen dank Jana super, Danke der Nachfrage!

Meine Liebe,

Wie schön, dass dich deine Ausstellung auf Trab hält, so hast du etwas zu tun.

Du hast recht, die Arbeit hier ist umfangreich, ich muss noch so viel instand setzen.

Ricardo kommt vielleicht morgen, du weißt ja mañana, mañana, aber vielleicht auch nicht. Aber eigentlich ist es auch egal. Ich dusche jetzt jeden Abend bei Juan und esse danach mit den beiden zu Abend. Der Wein ist dann immer meine Sache. Auch wenn ich wieder im eigenen Haus duschen kann, werden wir das wohl so beibehalten. Alle finden das großartig, unser gemeinsames Abendessen. Juan grillt jeden Abend für uns frischen Fisch oder Octopus. Ohne mich würden sich die beiden nicht unterhalten.

Kira würde auch gut in diesen Kreis passen, du eher nicht. Bevor du hierher kommst, solltest du dein Spanisch wieder aufpolieren! Sonst hakt die Unterhaltung immer wieder. Ruf doch mal Silvia an, ob sie dir wieder Konversationsstunden geben kann.

Mein Guter,

Das darf doch nicht wahr sein. Ich soll mein Spanisch aufpolieren, bevor ich zu dir nach Spanien komme? Das kann Monate dauern. Das weißt du. Ich habe immer besser als du gesprochen. Aber du hattest ja jetzt echt Zeit zu üben!

Und wie war das? Du findest es gut, dass mich meine Ausstellung „auf Trab hält"? Denkest du, das ist eine Beschäftigungstherapie? Dass ich sonst nichts zu tun hätte? Wie siehst du mich eigentlich? Als eine Señora, die ein bisschen auf Kultur macht, weil sie sonst nicht weiß, wie sie ihren Tag umbringen soll? Zu alt ist um Putzen und auch nicht richtig kochen kann? Und es leid ist, mit anderen Señoras Kaffee zu trinken? Siehst du mich so?

Meine Liebe,

Nimm es mir nicht übel. Aber für eine Sache, die kein Geld bringt, kann ich wenig Verständnis aufbringen. Deine Ausstellung ist eine gute Chance für dich. Genieße sie, aber verlange nicht von mir, dass ich sie wichtig finde.

Es stimmt, zum Kochen und Putzen bist du zu alt, deswegen haben wir ja auch eine Putzfrau und Bofrost. Was bleibt übrig? Kaffee zu trinken mit anderen Damen in derselben Situation? Reden über ein Leben, in dem nichts mehr passiert, wenn man Glück hat. Dann lieber eine Ausstellung planen und sie mit den andern begehen, da bin ich ganz deiner Meinung. Ob du Ikebana lernst oder einen Hund kaufst, ist mir ziemlich egal. Obwohl, doch ja, ich sollte mir einen Hund für das Haus hier suchen.

Sei glücklich, aber lass mich da aus dem Spiel. Ich bin so froh, dass ich nicht bei der Eröffnung im Anzug erscheinen muss. Da putze ich lieber ein Abflussrohr. Ehrlich!

Mein Guter,

Ich kann nicht glauben, was du mir schreibst. Mir scheint, ich kenne dich überhaupt nicht mehr. Wer bist du eigentlich? Auf keinen Fall der Mann, mit dem ich seit 35 Jahren lebe und mit dem ich unsere Töchter groß gezogen habe. Ist das vielleicht eine falsche Adresse?

Kann es wirklich sein, dass du mir kein künstlerisches Empfinden zugestehst, kein Talent? Ist das für dich alles nur überflüssige Beschäftigungstherapie, Therapie gegen die

173

Sinnlosigkeit des Daseins, die du nicht nötig hast? Und du suchst dir stattdessen einen Hund? Dann kommst du nicht zurück.

3. Teil

Meine Liebe,

Wie gut du meine Gedanken erklären kannst. Das ist wirklich erstaunlich, du kannst das besser als ich. Bin ich nicht großzügig? Ich lasse dich machen, was du für wichtig hältst. Aber du kannst nicht verlangen, dass ich die Begeisterung deiner Freundinnen für deine Bilder teile. Das wäre zu viel. Ich bin tolerant, aber kein Lügner.

Was hast du gegen einen Hund?

Mein Guter,

Ich höre, dass du darauf stolz bist, kein Lügner zu sein. Also sagst du jetzt endlich die Wahrheit. Bis jetzt hast du jahrelang geschwiegen, nicht? Und ich habe dein Schweigen immer ganz anders interpretiert, als stumme Zustimmung. Aber das war es nicht. Es war einfach nur Desinteresse.

Wenn du einen Hund hast, kommst du nicht mehr zurück.

Meine Liebe,

Aber verstehst du nicht, dass es ein freundliches Desinteresse ist? Die Rahmen habe ich für dich gebaut, nicht für die Ausstellung, nicht für deine Talent oder deine Bilder. Einfach nur für dich. Verstehst du nicht, wie ich die Dinge für dich tue und nicht für die Sparkasse oder den Verkauf der Bilder, den du gar nicht nötig hast. Es ist mir egal, ob du Talent hast oder nicht. Da bist du ganz frei.

Ich unterstütze dich, meine Frau, blind, in allem, was du tust. Egal, ob du es gut oder schlecht machst. Ist das nicht eine Liebeserklärung?

Mein Guter,

Da musste ich mich erst einmal setzten, als ich die Mal gelesen habe. So offen haben wir noch nie gesprochen. Also du glaubst, dass ich kein Talent habe und mit meinen Bildern nur teure Leinwand verunziere? Das ist doch nicht zu fassen. Warst du es nicht, der mich immer wieder ermuntert hat, in Mal-Kurse zu gehen? Vielleicht dachtest du, damit ich es endlich lerne... Wie freundlich von dir! Soll ich sagen, rücksichtsvoll? Oder soll ich das lieber lieblos nennen? Dir wäre es sogar egal gewesen, wenn ich mit Bungee-Jumping angefangen hätte.

Meine Liebe

Da irrst du dich, Bungee-Jumping hätte mir echt Sorgen gemacht. Ich will dich doch nicht verlieren! Wohin denkst du? Aber es ist mir egal, wie du die Zeit verbringst, wenn wir uns nicht sehen. Kannst du das nicht verstehen? Das gibt doch dir die größte Freiheit. Siehst du das nicht? Und wenn du morgen beim Goldschmied lernen möchtest, unterstütze ich dich auch. Ich habe keine Vorurteile, aber das Geld, dir all das zu ermöglichen.

Mein Guter,

Wahrscheinlich sollte ich jetzt gerührt sein, nicht? Wenn du noch etwas reicher wärst, würdest du mir auch ein Opernhaus kaufen oder eine eigenen Kunstgalerie in der Innenstadt, damit ich auftreten kann, nur, damit du eine glückliche Frau an deiner Seite hättest. Egal, was du über meine Bilder denkst. Denn das ist nicht wichtig.

Ich finde es monströs, was du mir da zumutest. Ich dachte immer, du teilst meine Passionen, weil es meine sind. Aber das tust du gar nicht. Du unterstützt die Frau, die du an deiner Seite haben möchtet, damit sie zufrieden ist. Du kaufst ihr Spielzeug. Sie hat ja keinen Geld-Beruf mehr wie du, der sie erfüllen könnte. Sie ist ja schon pensioniert. Also muss sie sich die Zeit vertreiben, um bei Laune zu bleiben, bis du noch Hause kommst. Damit sie dann immer noch für dich lächelt. Sieht es so aus?

Meine Liebe,

Ich mag die Zeit mit dir, möchte sie auch nicht missen. Ob du daneben Rosen züchtest oder Schlangen studierst, ist für mich gleich. Solange es dich glücklich macht.

Mein Guter,

Das ist unglaublich. Ich bin entsetzt. Ich bin dein Escortservice in der Freizeit, das ist alles? Bei deinen Freunden interessierst du dich für ihr Leben, aber bei mir nicht? Nicht einmal jetzt, wo du pensioniert bist? Und was machst du, wenn ich krank bin?

Ach, ja, dann weißt du nicht, was du tun sollst, stimmt's ? Das hatten wir schon ein paar Mal. Da hast du schnell jemand anderen geholt, der das besser kann als du, hast du gesagt. Die Pflege, die Fürsorge, das war noch nie deins. Das ist was für Frauen, hast du gesagt. Und meine Freundinnen kamen, waren geschmeichelt und haben mich gepflegt.

Weißt du noch, als ich mir das Bein gebrochen habe? Sofort hast du jemanden besorgt. Nur, damit du dich nicht um mich kümmern musstest. Denn du hast eine pflegeleichte Version von mir geheiratet. Der fühlst du dich verpflichtet, denn mit ihr hast du gute Zeiten. Aber wehe, diese Person ist nicht einsatzfähig!

Wie geht es Linda? Seid ihr immer noch beim Francoregime?

Mein Liebe, Liebe meines Lebens,

Soll ich noch einmal um deine Hand anhalten? Du verdrehst alles. Sei doch froh, dass deine Freundin Lisa dich gepflegt hat und nicht dein unbegabter, schlecht gelaunter Mann. Ich kann mit Krankheit nichts anfangen, genauso wenig wie mit Kunst. Das ist deine Domäne. Aber ich liebe mein Leben mit dir, das musst du mir glauben.

Aber ich tue nur das für dich, was ich auch tun kann. Einer meiner Grundsätze im Berufsleben war immer: Verlange von den Leuten nur das, was sie dir auch geben können. Sonst beginnt Überforderung und Ungerechtigkeit.

Mein Guter,

Dann ist aber unsere Beziehung eine ganz andere, als ich immer dachte. Es ist dann eher eine Nutzbeziehung. Du sagst, du liebst das Leben mit mir. Dazu solltest du aber auch anmerken: mit einer zufriedenen und gut gelaunten Frau. Schlecht gelaunt und unzufrieden liebst du mich nicht. Und krank schon gar nicht. Was ist das für eine Liebe?

Meine große Liebe,

Ich finde daran nichts Schlechtes. Und ich glaube nicht, dass du mich viel anders siehst. Oder? Wenn ich nach einem geplatzten Deal zornig nach Hause gekommen bin, hast du dich meistens im Keller versteckt. Was hast du da eigentlich gemacht? Auf jeden Fall hast du mich nicht geliebt in dem Moment.

4. Teil

Mein Guter,

Das ist unfair, du möchtest eine Liebeserklärung von mir hören. Die wirst du nicht von mir bekommen, dazu bin ich zu verärgert. Mein Begriff von Liebe ist ein anderer, ja. Für mich ist die Liebe bedingungslos, umfassend und selbstlos. Übrigens habe ich im Keller die Kühltruhe umgeschichtet, damit du oben Zeit für dich hast.

Liebe ist nicht nur Dankbarkeit für die Vorteile, die die Anwesenheit der Person dir verschafft, als ob du sie gemietet hättest.

Jetzt verstehe ich aber, warum du mir immer so viel Schmuck geschenkt hast! Aus Dankbarkeit! Viel Schmuck für so ein kleines Gefühl. Oder soll es den Mangel an Liebe ersetzen? Du hast diese Angewohnheit von deinem Vater übernommen. Deine Mutter musste eine Extraversicherung abschließen für alle den Schmuck, den er für sie angehäuft hatte.

Und wie der über die Sache gedacht hat, wissen wir. Wir haben deine Mutter öfters im Krankenhaus besucht als er. Er konnte damit nicht umgehen, mit einer kranken Frau. Für ihn war sie schon mit der Einweisung ins Krankenhaus weg und gestorben.

Meine große Liebe,

Ja, ich bin meinem Vater darin ziemlich ähnlich. Ich mag Krankenhäuser nicht, auch kranke Menschen flößen mir Angst ein. Das gebe ich zu, ich als Mann. Gestehe mir zu, dass das schon Mut erfordert. Was kann ich tun, so bin ich nun einmal! Wärest du krank und niemand sonst stünde zur Verfügung, würde ich dich selbstverständlich pflegen und versorgen. Aus Pflichtgefühl oder Liebe, wie du es nennen willst.

Als Jana damals zusammen mit dir hier eine Magenverstimmung hatte und ihr beide das Bett nicht mehr verlassen konntet, habe ich euch auch versorgt, da ging es nicht anders und es hat auch geklappt.

Mein Guter,

Ich erinnere mich genau an diesen Sommer, stundenlang warst du weg, „einkaufen" sagtest du, und wir mussten uns gegenseitig auf die Toilette begleiten und Wischlappen suchen. Ja, du hast uns versorgt. Das kalte Essen und das Wasser haben wir uns aus den Einkaufstüten in der Küche geholt. Unser Krankenzimmer hast du nie betreten. Aber nun ja, schon damals habe ich gesagt, bei dir geht eben nicht mehr!

Doch was ist jetzt? Warum bist du ausgerechnet jetzt, kurz vor der Ausstellung, nach Spanien gefahren? Hast du es nicht mehr ausgehalten? Dass wir seit deiner Pensionierung vor zwei Monaten alle Tage zusammen waren? Du warst sehr gereizt in den letzten Wochen. Ich glaube, wir beide haben aufgeatmet, als du abgeflogen bist.

Meine große Liebe,

Ja, so war es und es ist ja auch nicht schlimm. Wir müssen herausfinden, wie wir Tag für Tag nebeneinander leben können, ohne uns aufzufressen.

Hier bin ich sehr beschäftigt mit dem Streichen der Wände, sie werden wieder weiß. Dabei kann ich gut nachdenken. Wir hatten ein schönes Leben zusammen, aber wir dürfen uns nicht zu nahe kommen, sonst zerbrechen wir alles. Du musst auch an unsere Töchter denken!

Mein Guter,

Dass du ausgerechnet an unsere Töchter denkst, ist absurd. Schau dir doch mal an, welche Typen sie als Partner bevorzugen, dann verstehst du schon, wie sie dich sehen. Und höre ihnen zu, wenn sie über Männlichkeit reden. Oh je. Sie wollen keine männlichen Männer, da hatten sie mit dir genug. Sie wollen sensible Männer, die ihre Gedanken verstehen und ihre ganze Person lieben, nicht nur die Bikini-Schokoladenseite. Das hätte ich mir auch gewünscht.

Meine Liebe,

Bitte kein Aufrechnen, das ist sehr hässlich - und unseren schönen Jahren, die wir hatten, wird das nicht gerecht. Du kannst dir vorstellen, dass ich da auch eine Liste hätte. Oben stünde Interesse an Fußball und Whiskey und Surfen. Ist bei dir auch nicht vorhanden. Den Teil meiner Persönlichkeit liebst du auch nicht. Und du willst auch nicht wissen, ob ich ein guter Surfer bin. Da lässt du mich reden und merkst dir nicht einmal, was ich gesagt habe.

So hat jeder seine Angelegenheiten, die er mit dem anderen nicht teilen kann, weil sie in dem Leben des anderen nicht vorkommen. Aber wichtig ist doch, dass genug übrig bleibt bei uns, an dem wir uns gemeinsam erfreuen, das wir teilen und feiern können.

Mein Guter,

Du bist bei Linda und unserem Nachbarn und probierst ein neues Leben aus. Spannend und schön für dich. Und du willst nicht einmal, dass ich dazu komme. Keine Sehnsucht nach mir, deiner großen Liebe? Und dass da unten ein Funkloch existiert, ist mir auch neu.

Meine große Liebe,

Sei nicht kleinlich. Wir sind fast 40 Jahre verheiratet. Und ich seit kurzem pensioniert, gönne mir den Urlaub. Du hast doch deine Ausstellung, das ist doch ein großes Ereignis für dich. Genieß das mit Jana und deinen Freundinnen. Du wirst es nicht glauben, aber hier unten tut mir auch meine Arthritis nicht mehr weh. Sie ist weggeflogen! Es ist wie eine Verjüngungskur. Ich gehe wieder ganz flott daher. Wie ein Junger. Vielleicht ist es auch das Funkloch.

Meine Guter,

Das freut mich für dich ja. Aber wirst du in das Land, in dem du deine Arthritis anscheinend gelassen hast, auch wieder zurückkehren? Ich will hier nicht alleine leben.

5. Teil

Liebe meines Lebens,

Ehrlich gesagt, bin ich mir nicht sicher. Ich fühle mich hier sehr wohl. Und wenn das Haus erst einmal fertig renoviert ist, so in zwei Monaten, dann ist es hier ganz herrlich. Denk nur an den Olivenhain, wenn die Sonne durch die Zweige scheint!

Du hast ja in den Jahren seit deiner Pensionierung wieder so viele neue Kontakte in Deutschland aufgebaut, sodass du Ausstellungen planen kannst, Malkurse geben, an die Schulen gehen….du hast dir ein neues Leben gezimmert.

Ich noch nicht, deswegen kann ich nach Spanien fliegen. In zwei Monaten ist das Haus hier fertig, frisch und gefegt, dann bist du herzlich willkommen. Vielleicht komme ich noch einmal wegen einiger Arztterminen nach Deutschland. Ansonsten zieht mich eigentlich nichts in die Kälte bei euch. Hier blühen gerade die Mandelbäume.

Max,

Hattest du das geplant? Nach Spanien umzusiedeln? Ich habe nachgesehen, du hast sogar deinen Reisepass mitgenommen. Hast du mich sitzen lassen? Hier blühen gerade die Apfelbäume, auch sehr schön.

Meine liebe Liebe,

Wovon redest du? Ich habe dich eingeladen, in zwei Monaten den Sommer hier zu verbringen! Dann trinken wir einen Tinto de Verano auf der Terrasse. Allerdings musst du dir überlegen, ob deine Liebe zu mir so groß ist, dass du einen Teil des Jahres nach Spanien kommen willst. Ich bleibe jetzt erst einmal hier. Mal sehen, wie es ist, wenn der Winter kommt. Aber gerade befinde ich mich sehr wohl mit Linda und dem Nachbarn.

Max,

Also ist es so, dass du ausgezogen bist. Ohne mit mir zu sprechen. Wir haben nur von kleineren Renovierungsarbeiten gesprochen. Damit wir im Sommer mit den Kindern ein bewohnbares Haus vorfinden. Erinnere dich, mein Bruder wollte auch kommen. Das kann ich ja wohl jetzt absagen. Wenn wir uns in Trennung befinden….

Meine liebe Liebe,

Niemand spricht von Trennung. Wir sprechen von verschiedenen Wohnsitzen. Ich bin jetzt hier und du dort. Und bald sind wir alle zusammen hier mit deinem Bruder. Das wird doch wieder laut und lustig. Dann können wir wieder politisieren. Und du bringst deine Staffelei mit! Oder wir kaufen für dich hier eine neue.

Mein Guter,

Ja, das kannst du mit meinem Bruder, was du mit mir nicht kannst: politisieren. Es ist alles so neu, was du mir erzählst, ich muss das erst einmal verarbeiten. Jetzt sind wir endlich beide pensioniert und du bist nicht mehr bei mir. Ich habe all die Jahre bei dir ausgeharrt, um an deiner Seite zu bleiben, weil du noch arbeiten musstest. Ich habe gewartet.

Und du? Bei der ersten Gelegenheit verschwindest du! Weißt du nicht, dass du der wichtigste Teil in meinem Leben bist? Du bist mein Frieden und meine Ruhe. Ich habe gewartet, um dich zu begleiten. Ich hätte auch wieder mit Entwicklungsdienst in Afrika anfangen können.

Meine große Liebe,

Das meine ich doch gerade. Deine Fähigkeit, dich anzupassen und dich einzurichten, habe ich immer bewundert. Ich bin nicht so gut darin.

Kurz vor der Geschäftsübergabe hat mich der Horror erfasst, was sollte ich nur mit meinem Leben anfangen, wenn ich morgens nicht mehr ins Geschäft gehen kann? Eine leere Hülle und darin soll ich leben? Dann kam mir die Idee, erst einmal das Haus in Spanien zu renovieren. Die hat mich sofort gepackt. Das sah aus wie eine sinnvolle Beschäftigung in meiner leeren Hülle. Dass ich hier so günstige Umstände antreffen würde, konnte ich nicht ahnen. Das Wetter, meine Arthritis schweigt, der Nachbar ist plötzlich ein interessanter Gesprächspartner, trotz seiner Macken, und, ja, natürlich, ich muss es erwähnen, sonst tust du das, da ist auch Linda im Nachbarhaus. Auch das tut mir gut. Jugend in meiner Nähe, an meinem Tisch, jeden Abend.

Da kam mir der Gedanke, dass ich hier gut leben könnte. Lass mir die Freiheit, es auszuprobieren. Ich weiß sonst nicht, was ich mit mir anfangen soll.

Afrika wäre keine schlechte Idee für dich!

Meine Guter,

Aha, jetzt erpresst du mich. Du sagst, du steckst in einer großen Krise und ich soll Verständnis zeigen für deine krampfhaften Selbstrettungsversuche. Viel verlangt, ich habe von deiner Krise nie etwas bemerkt. Hast du mir verschwiegen, hast du nicht erwähnt, wie so vieles andere auch nicht.

Du hast mich aus deinem Leben geworfen und es klingt nicht so, als ob ich als Besuch willkommen wäre. Jetzt sitze ich da in einer leeren Hülle und muss selber schauen, was ich aus meinem Leben noch mache. Denn du sagst, die Brutzeit sei vorbei, nun gehe jeder seine eigenen Wege.

Afrika – mit meinem Herzschrittmacher? Dein Ernst?

Meine große Liebe,

Irgendwie sieht alles ganz anders aus, wenn du es beschreibst. Es klingt so lieblos. Ich weiß nicht, ob dir bewusst ist, was es bedeutet, über 40 Jahre jeden Tag 10 bis 12 Stunden zu arbeiten. Nie aufzuhören, über das Geschäft nachzudenken, nicht am Wochenende, nicht zu Weihnachten und erst recht nicht im Urlaub.

Jetzt kann ich endlich damit aufhören und wieder Mensch sein. 40 Jahre lang habe ich das Geld für uns verdient, habe mich in euer Familien-Programm eingefügt, aber jetzt will ich endlich wieder mir selbst gehören. Und wenn du magst, kannst du mich dabei begleiten, gerne, ich freue mich über deine Gesellschaft.

Aber bitte verlange nicht von mir, dass ich weiter eine Figur spiele in deinem Theater da oben in Bonn, das du für uns aufgebaut hast. Ich mag nicht mehr in den lächerlichen Kunstverein gehen, nicht mehr deine ewig enthusiastischen Freundinnen treffen, nicht mehr an exotischen Kochkursen teilnehmen oder Gourmetdinner genießen müssen oder in Schneeweiß Tennis spielen.

Wie würde Kira sagen? Ich bin mehr der „outdoor man". Da bin ich glücklich. Das ist mein Habitat. Frische Luft, Dreck, Erde, Ruhe, Arbeit, meine Gedanken und ein Bier, hell und kühl. Vielleicht hast du das nie verstanden, aber das bin ich.

6. Teil

Max,

Habe lange gewartet, bis ich dir antworten konnte. Ich war so wütend und musste erst mal mit Jana und Kira darüber sprechen. Und mit Lisa. Ich kenne dich nicht mehr. Mit wem war ich eigentlich verheiratet all die Jahre? Hast du mich all die Jahre angelogen, dich verstellt oder hast du mir nur einen Gefallen nach dem anderen getan? Wenn das wahr ist, dann stünde ich jetzt unendlich tief in deiner Schuld. Ein schrecklicher Gedanke. Dich die ganzen Jahre ausgenutzt zu haben.

Ja, Kira hat deinen Standpunkt vertreten, wie es ja auch zu erwarten war. Sie sagte, ich solle verstehen, wie hart du all die Jahre gearbeitet hast, dass du ein Recht hast, jetzt auch mal an dich zu denken. Und sie sagte mir, dass ich den Vertrag falsch verstanden hätte. Es sei ein Familienvertrag gewesen, nicht ein Ehevertrag. Der Ehevertrag müsse jetzt neu verhandelt werden. Und dass ich ziemlich altmodisch sei mit meiner Vorstellung von ewiger Liebe und ewigem Zusammensein. Das sei echt 19. Jahrhundert und nicht mehr passend.

Also verhandeln wir unseren Ehevertrag neu. Ist da Treue eigentlich inbegriffen?

Mein Liebe,

das können wir halten, wie du möchtest. Hast du da schon einen Anwärter? Die Linda hier macht mir ganz liebe Augen.

Mein Guter,

wusste ich es doch. Das heißt, du willst deine Freiheit? Und dir ist egal, ob ich dir treu bin?

Meine Liebe,

natürlich wäre es schöner, wenn du mir treu bliebest. Aber wir sind in unserm letzten Lebensabschnitt, wir können ihn uns einrichten, wie wir beide das wollen. Da schert sich keiner drum, auch nicht unsere Töchter. Also sei ehrlich: Willst du deine Freiheit zurück, auf die Gefahr hin, dass unsere Ehe zerbricht?

Mein Guter,

Das ist jetzt nicht wahr. Jetzt bin ich plötzlich die Schuldige. Nein! Ich will, dass wir uns treu bleiben, ich will mit dir alt werden, mit keinem anderen. Und da sind noch unsere Töchter. Glaubst du nicht, dass unser Beispiel auf sie wirken wird?

Meine Liebe,

das sind deine Ziele? Vorbild sein für unsere Töchter? Das brauchen wir nicht, glaube mir. Die kennen uns ganz genau und wissen, dass wir nie ein ideales Paar waren. Sie wissen genau, dass ich mich immer vor dir versteckt habe. Und sie würden sich auch mit uns freuen, wenn wir uns gegenseitig Freiräume gönnen, die wir vorher nicht hatten.

Mein Guter,

du sprichst von dir. Welche Freiheit möchtest du denn genau?

Meine Liebe,

Freizügigkeit in dem Sinne, dass ich in Spanien wohnen bleiben kann. Möchtest du nicht die Möglichkeit haben, noch einen neuen Partner zu finden, einen, der etwas von Kunst versteht?

Mein Guter,

nein, das will ich nicht. Also bleib in Spanien wohnen, aber wir wollen uns treu bleiben, denn wir sind verheiratet. Und vielleicht komme ich und wohne bei dir.

Meine Liebe,

Unser Zusammenwohnen? Das will ganz neu geprobt werden. Ein neues Haus, ein neues Leben. Ich esse lieber spanisches als deutsches Essen.

Mein Guter,

ich bin erschrocken. Ich sehe, dass das Treueversprechen dir wenig gefällt, aber sogar die Idee des gemeinsamen Wohnens und Lebens erschreckt dich. Was bleibt denn dann noch übrig?

Meine Liebe,

lass uns ein Moratorium einlegen, eine Bedenkzeit. Ich hier in Spanien, du dort in Deutschland mit deinen Staffeleien. Bis ich das Haus renoviert habe. Es sieht so schön aus in der Morgensonne, wenn ich meinen Kaffee auf der Steinmauer vor unserem Haus trinke.

Ich brauche jetzt meine Freiheit. Was ich damit anfangen will, weiß ich noch nicht. Es ist mir im Moment bitterernst damit. Ich will mich wie die Vögel fühlen, ohne Vergangenheit. Sei großzügig, ich bitte dich!

Mein Guter,

es bleibt mir wohl nichts anderes übrig. Bleib in Spanien, halte Abstand von uns. Bewahre dir den Kontakt mit Kira, wenn es das ist, was du willst. Und flirte jeden Abend mit der Jugend, auch ein Elixier gegen Arthritis.

Ich kenne den Mann, mit dem ich 35 Jahre verbracht habe, nicht mehr. Vielleicht müssen wir für uns ein neues Leben entwerfen, wie ein Architekt im Planungsbüro. Und nicht nur die Fassade. Obwohl ich unser altes Leben sehr mochte. Aber du offensichtlich nicht. Das muss ich akzeptieren. Es war eine schöne Lüge.

Morgen eröffnen wir meine Ausstellung. Dass ich das neben diesen Umwälzungen, die du mir beschert hast, noch gestemmt habe, finde ich schon erstaunlich. Aber Jana ist ein Goldschatz, ohne sie hätte ich das nicht geschafft.

Max, lebe das Leben, das wir dir anscheinend geraubt haben, und komm zu uns zurück, wenn du weißt, wer du in Zukunft sein willst.

Aber noch eins: Linda würde ich dir nie verzeihen!

Liebe Ehefrau,

Ich werde einen Hund für mich suchen. Du wirst ihn kennen lernen.

Gruß Max